[著者]
ヒツキノドカ Hitsuki Nodoka
[イラスト]
カラスBTK Karasubtk
厨二魔導士の
無双が止まらないようです
3

エンジュ
大魔導士の一人である〔剣《けん》聖《せい》〕の一番弟子。本気を出すと髪が紅く染まる特異体質。
ロルフ
魔導具系一門《クラン》に所属する技師。極度のビビり。
ウィズ
魔導士の最高峰〈賢者〉を目指す、天才魔導士。重度の厨二病。魔人族の襲撃に備えて、防衛部隊に入ることになった。
サーシャ
ウィズ、エンジュと共に学院で教師を勤める。おっとりした性格。

主な登場人物

セレス
幻獣騎士団
“海上部隊《リヴァイアサン》”の副隊長。
水魔法の使い手。
レナード
幻獣騎士団
“遊撃部隊《フェニクス》”の隊長。
エンジュの実の兄。
ラビリス
神速を誇る魔人族。
魔導演武の
襲撃を企む。
ユグドラ
ウィズの師匠にして、
〔聖《せい》女《じょ》〕の称号を
持つ大魔導士。

プロローグ

「……もう一度、言ってくれるかしら」

意味がわからない。

脳が理解を拒《こば》んでいる。

【通信《テレパス》】で伝えられた情報が、黒髪の少女――一級魔導士のエンジュ・ユーク《公爵》・グランジェイドには信じられなかった。

そんな彼女に、通信相手である同門の青年は同じことを言った。

『お師匠《ししょう》様が――〔剣聖《けんせい》〕が病《やまい》の悪化により亡くなりました』

「――ッ」

やはり聞き間違いではない。

エンジュは呼吸を落ち着かせ、青年に告げた。

「そちらに行くわ。〝竜雪山《りゅうせつざん》〟でいいのよね？」

エンジュの師匠である〔剣聖〕は、竜雪山という雪深い山の頂《いただき》に道場を開いている。そこは〔剣聖〕一門《クラン》の本拠地であると同時に、〔剣聖〕の住居でもあった。

エンジュの勤務地であるレガリア魔導学院から竜雪山までは、急いでも半月かかる。

それでも実際に自分の目で見るまでは、エンジュは〔剣聖〕の死を認めたくなかった。

レガリア魔導学院の学院長にしばらく休みが欲しいと言うと、即座に許可してくれた。馬車を乗り継ぎ、時には走って竜雪山を目指す。半月かかる道を十日で駆け抜けたエンジュを待っていたのは、道場の裏に用意された新たな墓《はか》だった。

「――――」

エンジュは目の前の光景を見て息を呑んだ。

墓標《ぼひょう》には、師匠である〔剣聖〕ガルドの名が彫《ほ》られている。

「申し訳ありません、エンジュ様！　どうしてもエンジュ様が来られるまで亡骸《なきがら》をそのまま保管することができず……この山にはスノウリザードが多く棲《す》んでおりますので……」

「……わかっているわ」

通信で〔剣聖〕の訃報《ふほう》を知らせてくれた門弟がそう言うのを、エンジュはどこか遠くのことのように聞いた。

魔獣は人の匂《にお》いにつられて寄ってくる。特に亡骸から発せられる匂いに敏感《びんかん》だ。だからこの国では、誰かが亡くなれば数日のうちに焼いて灰にし、埋葬《まいそう》する。

年中雪に覆《おお》われているこの竜雪山ではもう少しもったかもしれないが、それでもエンジュが火葬に間に合うことはなかっただろう。

「ごめん……少しだけ、一人にしてもらえるかしら」

エンジュが言うと、門弟は静かに頷《うなず》きその場を後にした。

凍《い》てつくような風を浴《あ》びながら、エンジュは〔剣聖〕のことを思い返す。

言葉少なで、不愛想《ぶあいそう》な老人だった。けれど〔剣聖〕が振るう剣の軌道《きどう》は合理的で、美しかった。

ただの公爵令嬢であったエンジュはそれに魅《み》せられて〔剣聖〕の弟子となった。

子どもの頃、エンジュは〔剣聖〕に尋《たず》ねた。

どうすればあなたのように剣を振るえますか、と。

対して〔剣聖〕は言った。

——迷いをなくすことだ。自分がなんのために剣を振るうか理解する。そうすれば自然と剣は最短を走る。

(師匠……私はまだ、あなたのようにはできません)

教わりたいことはいくらでもあった。しかしエンジュが憧《あこが》れた〔剣聖〕はもういない。

目の前の墓標には〔剣聖〕の愛剣が立てかけられており、それが握《にぎ》られることはもうないのだと考えてエンジュは息が苦しくなった。

その時、誰かがざくざくと雪を踏んでこちらに近づいてくるのに気付いた。

先ほどの門弟が戻ってきたのだろうか、とエンジュは視線を上げる。

そこに赤い長髪《ちょうはつ》の青年が立っているのを見て、彼女は絶句した。

「あー、エンジュか。お前とタイミングが被《かぶ》るとはなあ」

「……兄、様？」

「他の誰に見えるんだよ、馬鹿妹が。愚図《ぐず》だ愚図だとは思っていたが、とうとう兄貴のツラも忘れたか？　救いようがねえな」

レナード・ユーク・グランジェイド。

エンジュの兄であり、同じく〈剣聖〉一門《クラン》に所属する一級魔導士だ。

グランジェイド家は貴族の中でも最高位である公爵の家柄だが、レナードの言葉遣いはおよそそれにふさわしいものではない。とはいえ妹のエンジュはそれを指摘《してき》するだけ無駄だとわかっているので、諦《あきら》めて尋ねる。

「……兄様もお師匠様に祈りを捧《ささ》げるためにここへ来たのですか？」

「あ？　アホ言えよ。なんで俺がそんなことしなきゃなんねえんだよ」

「え？」

「おらどけ」

レナードはエンジュを押しのけ、〈剣聖〉の墓の前に立つ。その顔に浮かぶのは愉《たの》しげな笑み。

そして長い足を大きく振り上げると――

ドガッッ！　と、勢いよく墓標を蹴《け》りつけた。

「なっ……」

「はっははははははははははは！　ようやくくたばりやがったかくそジジイ！　ろくに動けもしねえくせに〔剣聖〕の肩書に延々としがみつきやがって、老害がよぉ！」

何度も蹴りつけられ、墓標が傾《かし》いでいく。あまりのことに愕然《がくぜん》としていたエンジュは我に返ると、眉《まゆ》を吊《つ》り上《あ》げて剣を抜いた。

「やめてください！　死者を冒涜《ぼうとく》するつもりですか⁉」

レナードは軽薄《けいはく》な笑みを浮かべてエンジュを見る。

「このくらい当然の報《むく》いだろ？　なあ、お前に俺の気持ちがわかるかよ。この一門《クラン》で一番優れた剣の腕を持つのは誰だ？　俺だろ？　その俺があんな耄碌《もうろく》したジジイの下だなんて、恥ずかしくて身の上を語れねえよ。何度ジジイをぶち殺してその座を乗っ取ってやろうと思ったことか」

今度こそ。

エンジュは剣を振るった。レナードを両断しても構わないというくらいの殺気を込めて、本気で。

しかし、それはレナードがいつの間にか抜いていた剣によって、難なく防がれる。

「怖えなあ、いきなり襲いかかってくるなよ」

「ふざけるのも大概《たいがい》にしてください！　あなたがこの一門《クラン》の長にふさわしいわけがない！」

〔剣聖〕一門《クラン》の長が年老いれば、門下生の中から新たな〔剣聖〕が選ばれる。

門下生であるレナードがその座を継ぐことは規則の上では可能だが、エンジュからすれば有り得ないことだった。

この男には〔剣聖〕を名乗れるだけの品性も、節度もない。

〔剣聖〕の名を汚《けが》すだけだ。

「お前はその名にふさわしいってのかよ。この俺よりも？」

「それは……」

エンジュは咄嗟《とっさ》に言い返すことができない。自分には致命的な欠点があると自覚しているから。

レナードが腕を無造作に振るい、エンジュは勢いに押されて数歩後退する。

「このクソ一門《クラン》で次の〔剣聖〕になり得るのは、実力からして俺とギリギリお前くらい。で、俺とお前は〝立場〟が違う。お前のほうが〔剣聖〕に近いかもしれねぇ」

本人も言った通り、レナードには普通なら〔剣聖〕一門《クラン》の長に納まりにくい事情があった。

「……」

「けど、近いうちにいい舞台があるよなあ？」

エンジュは、はっとして口を開いた。

「──魔導演武《まどうえんぶ》、ですか？」

「ああ、そうだ。国中の魔導士が集《つど》う祭典。そこで俺が力を見せつければ、嫌でも支持が集まる。病気を理由に長年魔導会議《まどうかいぎ》にすら参加しなかったジジイに、不満を抱く魔導士も多かったしなぁ」

もしレナードの目論見《もくろみ》がうまくいけば、この一門《クラン》はレナードのものとなるだろう。

それを想像して、エンジュは静かに眉をひそめた。

「……させると思いますか？」

「あぁん？」

「兄様が〈剣聖〉になると言うなら、絶対に私が止めます。この場であなたを斬ってでも」

その言葉が本気だと証明するように、エンジュの髪の色が変わっていく。美しい漆黒《しっこく》から、燃《も》え盛《さか》るような緋色《ひいろ》へと。一定以上の魔素干渉力を持つ人間は、特異体質を獲得《かくとく》することがある。彼女は本気で戦う時のみ髪の色が変わるのだ。

エンジュは実力者だ。この国で彼女に勝《まさ》る人間など――まして彼女の剣が届く範囲で戦って勝てる人間など、ほとんどいない。

けれど、エンジュの目の前にいるのは、その数少ない例外だった。

「遅《お》っせえ」

呆れたような声が響《ひび》く。

「……え？」

気付けば、レナードが間近に立っていた。

気付けば、レナードの剣には黒い光が纏《まと》わりついていた。

気付けば、構えたはずのエンジュの剣は――真ん中から切断され、吹き飛んだ切っ先が背後で落下音を響かせていた。

「なっ――」

「何動き止めてんだよ、ボケ」

真っ二つになった自らの剣を見て呆然とするエンジュに、レナードは適当な仕草で前蹴りを叩き込んだ。蹴られた瞬間に、ばきり、と乾《かわ》いた音が鳴る。

あばらが折れた。

「がはっ、げほっ!!」

「ほら、もう一発だ」

「うあっ!?」

うずくまったエンジュをレナードがさらに蹴飛ばした。側頭部に蹴りを受けたエンジュは十M《メル》以上も転がり、平衡感覚《へいこう》を失って立てなくなる。

倒れ伏すエンジュに向かってレナードは爆笑した。

「弱《よ》っええええええええええええええ！　おいおい笑わせんなよ、エンジュちゃんよぉ！　お前が一級魔導士!?　二つ名持ちだぁ!?　はっはははははは！　やっぱり魔導士協会ってのはぬるま湯だ！　騎士団にはお前より弱いやつのほうが少ないくらいだぜ！」

下卑《げび》た笑い声が響く。

エンジュは倒れながら、はらわたが煮えくり返る思いだった。

最悪だ。不愉快《ふゆかい》すぎる。この男はいつもこうだ。

傲慢《ごうまん》。品性のかけらもない。喋《しゃべ》る内容も口調もそこらのチンピラと変わらないほどに軽薄。

なのに――どうしようもなく強い。

複合属性の魔素を剣に乗せるのはすさまじい高等技術で、〔剣聖〕が亡くなった今、使えるのはレナードだけだ。エンジュはまだその域に至っていない。

「門下生の中で二番目に強いって言われてるお前がこれじゃあ、話にならねえ！　やっぱり俺が

〔剣聖〕になって、一門《クラン》を立て直すしかねえよなあ！」

「――ッ、そんなことは」

「まあ、止められるもんなら止めてみろ。昔のトラウマ引きずってるお前ごときに、何ができるかは知らねえけどな。はははははははははっ！」

嘲笑《ちょうしょう》とともにレナードは去っていった。

その場に残されたエンジュは、ゆっくりと体を起こす。

体が痛むが、道場の中には傷を癒《いや》すポーションがある。それを使えばすぐに動けるようになるだろう。

問題はそちらより、折られた剣だ。剣がなくてはレナードを止められない。

エンジュは少し迷ってから、レナードの蹴りのせいで傾いた墓標へと向かった。

それをなんとかまっすぐに立て直し、それから地面に倒れてしまっていた一本の剣を拾う。

墓標に立てかけられていた、〔剣聖〕の愛剣。

〔剣聖〕流の剣術を使うには普通の剣では駄目だ。しかし魔導演武の開催日はすぐそこまで迫っている。今から新たな剣を作ったり、自分の剣を修復したりしている余裕はない。

「……お師匠様。兄様を止めるために、どうか力を貸してください……」

〔剣聖〕の愛剣を抱き、エンジュは決意を込めてそう呟《つぶや》いた。

第一章　道中、馬車にて

「では、〔剣聖〕が亡くなったのは本当なんですか？」

「うむ、ウィズよ。まだ公《おおやけ》には伏せられとるがの」

俺の質問に、エルフ族の大魔導士である〔聖女《せいじょ》〕、ユグドラ師匠は頷《うなず》く。

帝都ファルシオンでは、もうすぐ魔導演武――魔導士の祭典が行われる。

封印《ふういん》を解かれた魔人族ラビリスは、その最中に事件を起こすと宣戦布告してきた。ラビリスを討伐する防衛部隊として招集された俺と師匠は、現在帝都行きの馬車に乗っている。

道中で俺が師匠に尋ねていたのは、俺が勤めるレガリア魔導学院の学院長であるイリスから聞いた話についてだ。

師匠と同じ大魔導士の一人、〔剣聖〕の死。

まだ正式には発表されていないが、やはり事実のようだ。

「魔導会議などで公表されていないのは……ラビリスの件があるから、ですか」

「うむ。あれが襲撃してくるかもしれん状況で、大魔導士の一人が死んだとなれば無用な混乱を招《まね》くという〈賢者《けんじゃ》〉の判断じゃ。妾《わらわ》を含め、一部の魔導士しか知らされておらん」

よそで話すでないぞ、と口元に人差し指を当てる師匠に頷き返す。

「師匠は特に落ち込んだりはしていないんですね」

「妾からすれば、あやつは楽になれてよかったと思っておる。病のせいで、もう長いこと満足に剣を振るえておらんかったからな……それよりお主のところには〈剣聖〉の弟子がおったじゃろう。そやつは大丈夫か？」

「あいにく、俺はその話を知って以降会っていないので」

師匠が言っているのはエンジュのことだろう。

やつは二十日ほど前、唐突に長い休暇《きゅうか》を取って学院から姿を消した。そのことについてイリスに尋ねたところ、話の中で〈剣聖〉の死を伝えられたというわけだ。その時以来エンジュとは顔を合わせていない。

「ですが……その心中を想像することはできます」

エンジュにとっての〈剣聖〉は、俺にとってのユグドラ師匠のような存在だろう。仮に師匠が亡くなった時、俺ならどんな気分になるだろうか。

「……」

俺が無言になると――がばっ！　と師匠がいきなり俺を抱き寄せてきた。

「ちょっ、師匠！　いきなりなんですか！」

「よーしよしよしウィズよ！　お主、さては今、妾が死んだところを想像して悲しくなっておったじゃろー！　本当に可愛《かわい》いなお主は！　大丈夫じゃからなーそんなことは向こう五百年はないからなー」

俺の言葉を無視して、何やらテンション高く俺をぎゅうぎゅうと抱きしめてくる師匠。師匠の胸元は露出が多いため、この体勢は色々とまずい！

しばらく俺を抱きしめて満足したらしい師匠は、ぱっと体を放して言った。

「まあ、辛気臭《しんきくさ》い顔をしていても始まらん。お主はいつも通りいてやるほうがいいじゃろ。それに、今のお主には他に気にすることがあるように思うが？」

「……そうですね」

魔人族に与《くみ》する魔導士コーエンによる事件は記憶に新しい。

イリスに頼まれてレガリア魔導学院で教師をすることになった俺は、学院の人間を納得させるため、副学院長であるグレゴリーと一年生の半数ずつを受け持っての教育勝負を行った。

勝負そのものは、受け持ちの生徒の中の二人——熱狂的な俺の支持者であるソフィと、そのルームメイトで平凡なアガサの活躍によって勝利できたが、問題はその後だ。俺の教え子に交じって模《も》擬戦《ぎせん》に参加していた使い魔のシアは、審判役だったコーエンによって暴走状態にさせられた。

俺の聖属性《せいぞくせい》魔術によってシアは正気に戻ったが、暴走した彼女を見た者たちから危険視され、使《し》役者《えきしゃ》である俺もろとも始末される寸前までいった。しかし、シアがその場の生徒を助けたことと、逃げようとしたコーエンから俺が情報を引き出したという二つの功績のおかげで、俺とシアは条件付きの無罪を言い渡されたのだ。

その条件が、今回招集のかかったラビリスの討伐《とうばつ》チームに参加することだった。

ラビリスは、百年前に史上最悪の魔獣災害を帝都で引き起こした魔人族の一体だ。他のことを気にしながら対峙《たいじ》できるような相手ではないだろう。

「すみません、師匠。お手を煩《わずら》わせてしまいました」

「もう少し手を焼かせてくれてもいいんじゃぞ？　お主は優秀すぎて、日頃構う機会がないからのう……」

「それは師匠の立場なら喜ぶべきところなのでは」

残念そうに言う師匠。本音《ほんね》か冗談か迷うところだ。

馬車は進み、景色は平原から山道へと変わっていく。

気になることがあったので、そこで周囲の魔力反応を探る。

「【探知《ソナー》】」

俺は自分の予想が正しかったことを確信した。

「ウィズ、どうかしたのか？」

「この馬車には護衛の冒険者がついているでしょう？」

「うむ。馬車の後ろから馬で追いかけてきておるな」

師匠が車窓《しゃそう》からちらりと外に視線をやる。馬車の後方から馬に乗った冒険者二人がついてきている。

「ですが普通の乗合馬車に護衛をつけることはほとんどありません。となると、何か特別な事情があると予想されます」

「特別な事情か。となると」

師匠がそこまで言いかけたのと同時に――

ズンッ……という重い足音が響いた。

「あ、ああ……出た！　出たぁあああああ！」

御者台《ぎょしゃだい》のほうから悲鳴が聞こえてくる。

黄土色《おうどいろ》の肌が特徴的なそれは山道の陰から現れた。

単眼の巨人、サイクロプス。体高十Mを超えようかという二足歩行の大型魔獣だ。

「……まあ、こういう感じですね」

「なるほどのう。護衛の冒険者たちはこれの対策か」

どうやらこのサイクロプスは、この街道沿いの山に棲《す》みついて、通りかかる旅人や行商なんかを襲っているようだ。

「うおおおおお！」

「出やがったな！　覚悟《かくご》しやがれ！」

護衛の冒険者たちが勇《いさ》ましく飛び出していく。なかなかの胆力《たんりょく》だ。

「では師匠、のんびり待ちましょうか」

「む？　ウィズは行かんでいいのか？」

「これは彼らの仕事です。確かに俺という圧倒的才能を持つ天才魔導士が出て行けば、一瞬でカタがつくでしょうが……それでは彼らの仕事を奪うことになりますからね」

たった一人の強者だけが戦う世界はいびつだ。

誰もが勇者であれる世界。そんな光景を俺は見たい。

「ふむふむ。なるほどのう」

「わかっていただけましたか」

「ウィズがいいなら構わん。ただ、あのサイクロプスとかいうのはそれなりの大物に見える。あれを倒して冒険者ギルドに持ち込めば、今後お主が昇級するための功績の一つになるのではないかと思っただけじゃ」

「……」

俺は静かに立ち上がった。

「師匠。恐《おそ》ろしい魔獣に立ち向かうのは、力ある人間の責務《せきむ》だと思いませんか？」

「お主、言っとることがさっきと全然違うぞ」

魔導士階級を上げるという崇高《すうこう》なる目的のためには、手段を選んでいる暇《ひま》はない。

俺は馬車を出てサイクロプスのもとへと向かう。

『オオオオオオオオオオオオオオオオオオッ！』

「くそっ、強えぇ……！」

「危険度Aランクの中でも最上位って言われてるだけのことはある。だが――俺はこんなところでやられるわけにはいかねえんだっ！」

冒険者二人は果敢《かかん》にサイクロプスへと挑みかかるが、よほど皮膚《ひふ》が頑丈らしく、手こずっている様子だ。

『ウォオオオオオオオオオオオオオオオ！』

「【障壁《バリア》】」

ガギンッ！

俺の張った障壁《しょうへき》が、サイクロプスの拳《こぶし》を受け止める。

「な、なんだ⁉ 魔術……⁉」

驚く冒険者に俺は告げた。

「どいていろ。どうやらこの敵、お前たちには荷が重いようだ」

「あ、あんた……魔導士か？ 俺たちの代わりにこいつをやってくれるってのか」

「ああ」

冒険者二人が左右に避けて道を空ける。俺は悠然《ゆうぜん》と、障壁を破壊できずに困惑しているサイクロプスの前に進み出た。

「単眼の巨人よ。お前は確かに強いのだろう」

『ウウッ……？』

「だが、お前が居座《いすわ》るこの道が何かわかるか？ 俺の進むべき道、つまりは〝覇道〟だ。それを塞《ふさ》ぐとはあまりに身のほどを理解できていない」

俺が手に土属性の魔素を集めながら告げると、サイクロプスは怯《ひる》んだように後退する。

「おい……あの白髪《はくはつ》の魔導士、何かトチ狂ったことを口にしてるぞ」

「ああ。きっと貴族としての暮らしに疲れてどうかしちまったんだろうな……」

後ろのほうから何やら聞こえてくる気がするが、今は忙しいので無視する。

俺は手に集めた土属性の魔素を大地へと叩きつけた。

「俺の行く手を阻《はば》むことがどれほど愚かか教えてやろう！　【土造形《ランドフォーム》・ギガントゴーレム】！」

バキッ、という音がする。

後方の馬車のさらに後ろからだ。地面に亀裂《きれつ》が走り、巨大な手が、腕が、体が這《は》い出してくる。

『ガァアアアアアアアアアアアアアアアアアア！』

木々を揺らすほどの咆哮《ほうこう》とともに、巨兵が出現した。

ギガントゴーレム。

それは通常のゴーレムの数倍の巨躯《きょく》を誇《ほこ》るゴーレムだ。術者によって補強・制御されるギガントゴーレムは自重《じじゅう》によって潰《つぶ》れることなく機敏《きびん》に動く。

サイズは術者が込めた魔素の量によるが……今回はせいぜい体高二十Mほどだ。

山道であまり大きなものを出すと、土砂崩れのリスクがあるからな。

まあそうなっても別に直せばいいだけではあるが。

『ア……アア……？』

それを見たサイクロプスは、口を開けたまま固まっている。

ギガントゴーレムは馬車をまたぎ、ゆっくりとサイクロプスのもとへと進んでくる。そして拳を振り上げた。

「単眼の巨人よ。矮小《わいしょう》な人間をいたぶるのは楽しかったか？　今度はお前がそれを受ける番だ。存分に噛《か》みしめろ」

『アガァッ……!?』

轟音《ごうおん》。

サイクロプスはギガントゴーレムの巨大な拳に顔面を殴《なぐ》り飛ばされ、一撃で絶命《ぜつめい》した。

ふっ、造作ない……

俺が指揮者のように鋭《するど》く手を横に払うと、ギガントゴーレムはその場で土の塊《かたまり》へと戻った。それから、後ろで腰を抜かしている冒険者たちに向き直る。

「さて、冒険者たちよ。取引といこう」

「な、なんだ?」

「このサイクロプス討伐に関わる報酬《ほうしゅう》はすべてお前たちに譲《ゆず》る。代わりにこのサイクロプスは俺が倒したものとして、冒険者ギルドに申告させてはもらえないか?」

「い、いいのか!? 俺たちはサイクロプスに傷一つつけられなかったのに!」

「構わん。俺が欲しいのは功績であって金銭ではないからな」

「「よっしゃあああああああ！ 儲《もう》かったぁあああああ！」」

歓声を上げる二人組。この身も蓋《ふた》もない反応、いかにも冒険者という感じだ。

「おーいウィズ。終わったのは結構じゃが、この魔獣をどかさんと馬車が通れんぞ」

馬車のほうから師匠が声をかけてくる。確かにその通りだ。

それじゃあさっさと冒険者ギルドに運び込むとしよう。

その前に【埋め立て《リクレイム》】で地面を元通りにしておく。

「お前たち、名前はなんという？」

「俺はデカン、こっちがガイルーだ」

「わかった。ではしばし待っていろ。【疑似転移《ぎじてんい》】」

俺はサイクロプスの死骸《しがい》とともに、ソノクの町の冒険者ギルドへと転移した。場所は修練場《しゅうれんじょう》だ。

ここならサイクロプスの巨体でも問題なく収容できるからな。

おお、丁度いいところに目当ての人物が。

「ギルドマスター、これを見てくれ。サイクロプスを討伐してきたぞ」

「……え？」

目を丸くするギルドマスター。

「いや、『え？』ではない。討伐してきたから査定《さてい》してくれ」

「いや……いやいやちょっと待ってウィズ君。この黄土色の肌……もしかして〝砂色のサイクロプス〟か!?　危険度Aランクのサイクロプスの突然変異種で、単体でSランクに迫るって言われたあの怪物……!?」

なんだ？　この魔獣は有名だったのか？　それはいいことを聞いた。

「悪いが時間がなくてな。とりあえずこれの査定と討伐証明書の発行を頼む。後日取りに来るから用意しておいてくれ」

「ま、待ってくれウィズ君！　なんでこんな大物を唐突に持ってくるの!?　というかこの魔獣は最近情報が出回ったばかりのはずだよ!?」

「それとこの魔物はデカン、ガイルーという二人の冒険者と協力して倒した。チームプレーというのは大事だな。その二人が報酬を取りに来たら、半分ずつ渡してやってくれ」

「絶対嘘《うそ》だよね!? ウィズ君の辞書にチームプレーなんて言葉があるとは思えないよ!」

俺にだってチームプレーが必要な時もある。俺が活躍し、仲間が俺に驚愕し、賞賛《しょうさん》するという連携だ。

まあそんなことはどうでもいい。これ以上師匠を待たせるわけにはいかん。

「ではよろしく頼むぞ、ギルドマスター」

俺は再度【疑似転移】を使い、その場を去った。

山道に戻ると、木陰で冒険者二人と雑談していた師匠が俺のもとに駆け寄る。

「ただいま戻りました、師匠」

「うむ、おかえりじゃ」

冒険者二人が、突然現れた俺を見て目を見開いている。

「す、すげえ。いきなり現れやがったぞ」

「こんな魔術見たことねえ。さっきのでけえゴーレムといい、とんでもねえ兄ちゃんだな」

「フッ……その通りだ」

やれやれ、俺は普通にしているだけでも賞賛を浴びてしまうようだ。まったく、才能溢れる自分が恐ろしくて仕方ない。

「ああ、忘れないうちに言っておくか。お前たち二人、ソノクの町の冒険者ギルドで名乗れば報酬を受け取れるようにしておいた。暇ができたら向かうといい」

「あ、ああ。了解だ」

「本当にソノクの町まで瞬間移動してたのか……」

そんなやり取りをして俺と師匠は馬車に乗り込む。デカンとガイルーの二人はもともと乗っていた馬にまたがった。

サイクロプスは倒したことだし、これからの旅路はのんびりしたものとなるだろう。

「ところで師匠。俺が不在の間、デカンたちと何を話していたんですか？」

「うむ。妾がウィズとどんな関係なのか聞かれておった」

「え？　どう答えたんですか？」

師匠は自分の正体が知られないよう細心の注意を払って行動している。今も頭の隠れるフードつきのローブを羽織《はお》り、エルフ特有のとがった耳を隠しているほどだ。一体どうやって誤魔化《ごまか》したんだろうか。

「ウィズの妻じゃ♡　と言っておいたぞ」

「何をしているんですか!?」

「これは仕方ない。妾は正体がバレるわけにはいかんからなー。しょうがないなー」

「……デカンたちはなんと？」

「『こんな可愛い奥さんがいるってのか!?　あの野郎すべてを持ってやがる……！』『幼妻《おさなづま》ってやつ

か。羨《うらや》ましいぜ！』と言っておった」

なんて無駄《むだ》に物分かりがいい連中なんだ……！

「……その、ウィズは嫌じゃったか？　こういう誤魔化し方は」

しゅんとした顔で師匠がそんなことを言ってくる。

「そんなことはありませんよ。俺は師匠を敬愛《けいあい》しているので、恐れ多いだけです」

「なんじゃ、そうか。まったく可愛いのう。そんなこと気にせずともいいのに」

師匠は満面の笑みを浮かべて俺に身を寄せてくるのだった。

……弟子《でし》としてこの笑顔を崩すことはできない。

そんな感じで移動することしばらく、俺たちは帝都ファルシオンに到着した。

第二章　帝都ファルシオン

「それじゃ、俺たちは臨時街のほうに行くから」

「また会おうぜ！」

臨時街――魔導演武の期間だけ帝都の外に作られる街に向かうというデカンたちと別れ、俺と師匠の乗った馬車は帝都の中へと入っていく。

ここが帝都か。首都だけあってもともと人口は多いんだろうが、今は魔導演武の開催直前ということもあってさらに賑《にぎ》やかだ。

「師匠、俺たちは魔導士協会の本部に向かうんですよね」

「そうじゃ。そこで例の件に関する打ち合わせが行われるらしい」

例の件、というのはもちろん魔人族ラビリスのことだ。

俺たちラビリス討伐チームは、魔導演武の開始よりも前から帝都を警備することになっている。今日はその受け持ち場所やら警備担当の時間やらに関する説明がある。

やがて魔導士協会の本部に着いた。

今回の会議が行われる場所は、普段の魔導会議で使うよりもさらに広い会議場だった。参加人数が多いからだろうか。その会議場へと向かっていくと――

「……珍《めずら》しい顔が見られたものであるな」

「げ」

会議場の入り口付近で声をかけられ、ユグドラ師匠が嫌そうな声を上げる。

「なんだユグドラ、その声は。慎《つつし》みのかけらもない」

「お主に慎みなどと言われたくないもんじゃな。じゃらじゃらと無駄に着飾《きかざ》りおって」

「これは上位貴族としての義務のようなものである。貴様のように田舎《いなか》で隠遁《いんとん》生活を送っている者にはわからんだろうがな」

クロム・ユーク・グラナート。茶髪で魔導士に似つかわしくない筋骨隆々《きんこつりゅうりゅう》な体格が特徴的なその人物は、〔雷帝《らいてい》〕の異名を取る大魔導士の一人だ。

「〝例の件〟は聞いた。儂《わし》は貴様の正気を疑う。大魔導士であるなら、この場に馳《は》せ参《さん》じるのは当然の義務であろう。それに条件をつけるとは……どこまで図々しいのであるか」

「はん、来てやっとるだけ感謝してほしいもんじゃ」

「チッ、どこまでも身勝手な……もういい。〈賢者〉様の決定に逆らうつもりもない。代わりに貴様は馬車馬《ばしゃうま》のように働くことだ」

〔雷帝〕クロムはそう吐き捨て――むんず、と師匠の首根っこを掴んだ。

「なっ、何をする無礼者ー!?」

クロムの行動に、ユグドラは抗議の声を上げる。

「どうせ貴様はいつもの会議場と違うからと、好きな席に着こうとするに決まっている。大魔導士の席は壇上だ。いちいち引っ張り出す手間は省《はぶ》かせてもらうのである」

「なんじゃと⁉　お主、妾をウィズの隣に座らせんつもりか⁉　横暴《おうぼう》じゃ！」

「ええい、いいからさっさと来い！　貴様と話していると大魔導士の権威《けんい》が損なわれる！」

そんな攻防の果てに、師匠は「嫌じゃ！　妾はウィズの隣の席にー！」と叫《さけ》びながら、ずるずると引きずられていった……どういう関係なんだ、あの二人。

一連のやり取りの間、〈雷帝〉は最後まで俺に視線を向けようとしなかった。

視界に入れる価値すらない、ということだろう。気分のいい話ではないが、その扱いには慣れている。気にせず俺も会議場の中に入った。

会議場は前方に演壇《えんだん》があり、そこから階段状に席が並ぶ造りになっている。

席は自由のようなので、とりあえず俺は一番高い位置である最後列に陣取る。

「おい、見ろよ。例の平民だ」

「魔族を使い魔にした挙句《あげく》、学院を崩壊《ほうかい》させかけたそうじゃないか」

「〈賢者〉様の考えは理解に苦しむ。あんな者、さっさと処刑《しょけい》したほうが国のためだ」

会議に参加している魔導士たちが、ちらちらと俺に視線を送りながら、囁《ささや》き声にもなっていない声量でやり取りする。どうやらシアの一件はすっかり知れ渡っているらしい。

一方的に俺が悪い、という評価になっているようだが、まあ気にするまい。これもいつものことだ。

ちなみに、シアやニルベルンら魔竜族と、ジルダやラビリスといった人類の敵となる魔人族とは、全く別の種族なのだが、このことはほとんど知られていない。

俺は広い会議場の中を見渡す。魔人族の対策会議に呼ばれただけあって、集まっているのはそれなりに腕の立ちそうな魔導士ばかりだ。

「……ん？　あれはエンジュか？」

会議場の前のほうに、見覚えのある黒髪の少女がいた。

しかし、普段のあの女とは様子が違う。

師匠である〈剣聖〉を喪《うしな》ったことで覇気《はき》をなくしたという感じではない。背筋は伸び、目はまっすぐ前を見据《みす》えている。そして、遠目にもわかるほどの緊張感を纏っている。周囲の魔導士も近づきにくそうだ。

……なんだか予想と違うな。てっきり落ち込んでいるものだと思っていたが。

俺がそんなことを考えていると、横から声をかけられた。

「君、平民魔導士のウィズ・オーリアだろう？」

そこにいたのは、くせのある茶髪と童顔《どうがん》が特徴的な少年だった。雰囲気《ふんいき》からして同年代なんだろうが、見覚えはない。

「……誰だ？」

「僕の名前はロルフ・バル・コルトー男爵《だんしゃく》。早速だけど君に話がある。魔導士協会の不文律《ふぶんりつ》を破り、魔族もどきを使い魔にして横暴の限りを尽くしている君にね」

初対面にしてなかなかの言い様だな。

「なんだ？　言ってみるがいい」

ロルフは厳《おごそ》かにすら聞こえる真剣な声で告げた。

「僕を――痛めつけてほしいんだ」

「は？」

「聞こえなかったのかい？　僕を痛めつけてほしいんだ。できれば、誰が見てもわかるくらい激しくやってくれると嬉しい」

「……」

ああ、なるほど。

変態《へんたい》か。

「悪いが俺にそういった趣味《しゅみ》はない。他を当たってくれ」

「違っ……そうじゃなくて、僕を！　君の魔術で！　思いっきり攻めてほしいんだよ！　頼むよ、もう君にしか頼めないんだ！　お願いだよ！」

「何が違うんだ!?　お前の発言からはお前の気持ち悪さしか伝わってこないぞ!?」

本当になんなんだこいつ。なんで初対面にして被虐趣味をアピールしてくるんだ。

「違うって！　簡単に言うと……僕はこの会議に参加したくないんだ……！」

胃痛でもこらえるように腹を押さえながら言うロルフ。

「……どういう意味だ？」

「あのね、君みたいな変人にはわからないかもしれないけど、今回の会議って魔族退治のためのものだろ⁉　僕はそんな命知らずな真似はしたくない！　今すぐ帰りたいんだよ」

まっすぐ俺の目を見て訴《うった》えてくるロルフに、俺は――

「ゴミが」

「えっ」

「魔導士でありながら戦うのが怖いだと？　お前は貴族だろう。税金で生きてきた分、民に報いるのが当然ではないのか？　もらうだけもらって何も返さないとは、生きていて恥ずかしくないのか？」

「やめて！　心が痛い！　痛めつけてほしいとは言ったけどそういうのは望んでない！」

俺の言葉を聞いたロルフが耳を塞《ふさ》いで喚《わめ》く。

まったく……こいつも前学院長と同じで、自分さえよければいい手合《てあ》いだろうか。

「……仕方ないだろっ、僕は戦闘なんてからっきしなんだから！」

「知るか。大体、帰りたければ仮病《けびょう》でもなんでも使って勝手に帰ればいいだろう」

「仮病で帰ったら師匠にボコボコにされるんだよ……！　だからちゃんと怪我《けが》をしないと駄目だ。でも自分でやるのは怖い。そこで品位も何もない平民魔導士の君なら、一思いにやってくれるかなと」

「お前は俺をなんだと思っているんだ」

俺はそんなことのために魔術の腕を磨《みが》いてきたわけではない。

「というかここに呼ばれている以上、お前もそれなりに魔術が使えるんじゃないのか？」

「呼ばれたのは僕じゃなくて師匠。で、師匠が来たくないからって僕が代理で押し付けられたんだ。それに僕は戦力として期待されているわけじゃない」

「なら何に期待されているんだ？」

「魔導具関連だよ。そういう一門《クラン》なんだ。怪しいやつがいないか探《さぐ》る監視《かんし》装置とか、警報《けいほう》装置とかの整備をしろってさ」

ああ、なるほど。それなら戦闘が苦手でもここに呼ばれた理由がわかるな。

「それならお前、仕事があるのではないか。任されたならきちんとやるべきだろう」

「やめてくれる？　僕は正論なんて聞きたくない。僕を甘やかす言葉だけでいい。『もう働かなくていい』とか、『非課税で三兆リタあげるよ』とか」

「クズが……」

「言葉に気をつけな、平民。僕は――意外と簡単に泣くよ？」

決め顔でそんなことをのたまうロルフ。

こいつ、どこかに行ってくれないだろうか。なんで友人みたいな態度で、勝手に隣に座っているんだ。

そんな不毛《ふもう》なやり取りをしていると、後方の扉から一人の人物が現れた。

銀髪の、貴公子然《きこうしぜん》とした人物が、ゆっくりと会議場の前へと進んでいく。

「時間だ。それじゃあ臨時魔導会議を始めようか」

銀髪の男――〈賢者〉がそう告げた。

当代の〈賢者〉を実際に見るのは初めてだ。すらりとした体形の優男《やさおとこ》、という印象を受ける。その振る舞いには品格と余裕があるように感じた。

〈賢者〉は会議場内を見回し、大魔導士用の席に着く〔雷帝〕に尋ねる。

「……ふむ。クロム、参加者が二人ほど足りないようだけど、何か聞いてるかい?」

「自分は何も。どうせ〝あちら〟の打ち合わせが長引いているのでしょう」

〔雷帝〕は首を横に振った。

ちなみに〔雷帝〕の横には師匠ともう一人、やせた男が座っている。あれが〔死神《しにがみ》〕――ヨル・クィス・シルヴェード辺境伯だろう。〔剣聖〕用の席は空いているが、もともとあの人物は病気がちで長らく魔導会議に参加していないらしいので、この場の誰も疑問視することはない。

「そうか。まあ、そういうことなら仕方ない。先に始めるとしよう」

〈賢者〉は〔剣聖〕の不在について言及することなく、話し始めた。

「さて、まずは参加してくれた君たちに感謝を。知っての通り、この臨時魔導会議は、魔導演武の最中に襲撃してくると思われる魔族ラビリスに対処するためのものだ。この危険な任務を快《こころよ》く受けてくれてありがたく思う」

俺の隣で、「僕は全然望んでないですけどね……」と陰鬱《いんうつ》な声がしたが無視する。

「君たちは疑問に思うかもしれない。『魔族が襲撃を予告してきたのに、なぜ魔導演武を中止しないのか?』……これは帝国の威信《いしん》のためだ。魔導演武は帝国にとって重要な催《もよお》し。魔族の襲撃があるからと言って中止にしては、帝国の力が疑われる。よって魔族の襲撃があることは国民に隠したうえで、魔導演武は通常通り開催することにした。これは皇帝陛下のご要望でもある」

魔導演武は、他国や国民に対して魔導士の力をアピールする役割を持つから、やすやすと中止にもできまい。

……まあ、貴族の見栄《みえ》も大いに含まれていそうな気もするが。

「具体的な防衛の方法だが、基本的には魔導士による警備、さらに結界による防御も用いる――オーギュスト、説明を頼めるかい？」

「ほっほ、もちろんですじゃ。儂が説明いたしましょう」

腰の曲がった老魔導士が杖《つえ》をつきながら前に出る。

外見で言うなら、間違いなくこの場で最高齢だろう。

その人物を見て俺の隣でロルフが呟《つぶや》いた。

「オーギュストって……〈隔絶《かくぜつ》〉のこと？　あんな人まで引っ張り出したのか」

「なんだ、知ってるのか？」

「魔導具作りをやってる人間なら誰でも知ってるよ。結界魔導具のスペシャリストだ。もう隠居《いんきょ》してるけどね。わかりやすいところで言うと、リンドの街なんかの魔導結界も彼が作ったそうだよ」

「ほう」

街を守る魔導結界の制作者か。それはまた大物だな。

「お前たち、例のものを持ってきなさい」

「「はい、先生！」」

オーギュストが短く指示すると、会議場にいた数人の魔導士たちが一度退室し、それから魔導具を持って再入室してくる……オーギュストの弟子たちか？

運ばれてきたのは、かなり大きな箱形の魔導具だった。

オーギュストはそれを撫《な》でながら告げる。

「これが今回のために儂が用意した結界魔導具じゃ。帝都を囲む外壁の上に設置し、帝都内を守る結界を張る。結界は半球状で、効果範囲は外壁の上から……まあ、大体地上五十Mくらいまでじゃな。魔素や空気は通すが、人や魔獣なんかは通さん」

結界を張るのは外壁の上のみか。

ということは、地上は魔導士の防衛部隊でなんとかしろということだ。

まあ、街の出入り口まで結界で覆われては通行の妨《さまた》げになるので当然だろう。

「儂の二つ名、〈隔絶〉にかけて断言しよう。この魔導具が作り出す結界は、たとえ魔族であろうと破ることはできん」

自信ありげに言い切るオーギュストだが、一つ気になることがあったので挙手する。

「質問いいか、〈隔絶〉」

「そこの白髪の少年、何か疑問でも？」

「結界が守るのは帝都の内側ということだが……臨時街のほうはどうなる？　あちらにも結界はあるのか？」

土魔術によって形成された臨時街は複数あり、観光客なんかに開放されている。

オーギュストは首を横に振った。

「残念ながら結界は帝都の分だけじゃ。臨時街のほうまでは手が回らんかった。その代わり、そちらには魔導士を多く配置することになっておる」

確認するような視線を向けるオーギュストに、〈賢者〉は頷きを返す。

「そうか。答えてくれて感謝する」

「いやいや、気にすることはない。他に質問のある者はおるかの？」

オーギュストは周囲を見回すが、他に手を挙げる者はいなかった。

彼はそのまま座席に戻る。

結界魔導具は弟子たちが邪魔にならない位置に移動させた。

「では次に、警備の割り当てを発表する。まずは資料を――」

〈賢者〉がそう言いかけたところで。

「どもども一！　いやー遅れてすいませんね。騎士団のほうの会議が長引いちゃって。こっちの会議、まだ終わってないっすよね？」

軽い口調とともに会議場に入ってくる人物がいた。

赤い髪が特徴的な青年だ。年齢は二十歳くらいだろうか。

腰には剣を差している。

赤髪の青年の隣にいた眼鏡《めがね》をかけた少女が、青年に声をかける。

「……レナード様。あまり大きな声を出すと馬鹿に見えますよ」

「誰が馬鹿だクソ後輩。てめえ先輩への口の利き方がなってねえんじゃねえか？」

「先輩にもう少し分別《ふんべつ》があれば、もっと敬えたんですが」

……誰だ、あの二人？

二人は階段状の通路を下り、〈賢者〉たちのいる前方に向かっていく。

「なっ……！」

思わず、という感じで声を発したのはエンジュだった。

あの二人と知り合いなのか？

エンジュの視線は赤髪の男に向いているが、男のほうはエンジュを無視していた。

〈賢者〉は二人に声をかけた。

「やあ、〔炎獅子《えんじし》〕に〔水精《すいせい》〕。姿が見えなかったから会議を先に始めてしまったよ」

「いや、全然気にしないでいいっすよ！」

「遅れたのはこちらです。どうかお気になさらず」

「そうかい？　そう言ってもらえると助かるよ」

とんでもない、とばかりに手を横に振る赤髪の青年と眼鏡の少女。

「〔炎獅子〕に〔水精〕だって……⁉」

俺の隣でロルフが驚愕したような声を出した。

「ロルフ、お前はあの二人が何者か知っているのか？」

「君は知らないの⁉」

「知らん。有名人か？」

俺が聞くと、小声でロルフが説明した。

「有名人なんてもんじゃないよ！〔炎獅子〕レナードと〔水精〕セレスといえば、魔導兵《まどうへい》の中でも精鋭《せいえい》中の精鋭だ。何しろ幻獣騎士団《げんじゅうきしだん》……〝遊撃部隊《フェニクス》〟の隊長と、〝海上部隊《リヴァイアサン》〟の副隊長なんだから！」

「――ほう」

幻獣騎士団。

それはさすがに俺でも知っている。戦闘を専門とする魔導兵たちの精鋭部隊だ。特に各部隊の隊長クラスとなると、特級魔導士に近い実力を持っているとかなんとか。

ちなみにイリスがかつて所属していた〝特殊部隊《ウェンディゴ》〟も幻獣騎士団の部隊の一つだ。

「隊長やら副隊長にしては若いような気もするが」

「魔導兵は実力主義だからね。〔炎獅子〕はよく知らないけど、〔水精〕が戦ってるところは見たことがある……相当強いよ、彼女」

「ふむ」

〔水精〕というのは眼鏡の少女のほうか。

あまり強そうな見た目ではないが……人は見かけによらんからな。

俺の師匠も可憐《かれん》な容姿《ようし》からは想像もできん実力者なことだし。

「………最悪だ。あの二人が来るなんて聞いてないよ……」

ん？　ロルフが何やら顔を青くしている。

なんだその反応。今の話に不安を煽《あお》るような要素があったか？

俺が怪訝《けげん》に思っていると、前方では〔炎獅子〕が〈賢者〉に質問していた。

「それで〈賢者〉様、今はなんの話を？」

「これから警備の割り当てを説明するところだったね」

〔炎獅子〕が安堵《あんど》したような笑みを浮かべる。

「ああ、丁度よかった。実は俺たちの参加してた会議で警備のやり方に変更がありましてね。俺たちはその報告をしようと思ってたんです」

「警備の変更だって？」

「ええ。こんな感じで」

〔炎獅子〕は懐《ふところ》から水晶玉のような魔導具を取り出す。それによって会議場の前方に巨大な画像が映し出された。どうやら帝都周辺の細かい地図のようだ。臨時街も描かれている。

「地図の中に、黄色いマークと青いマークがあるでしょ？　黄色がここにいる魔導士、青が俺たち魔導兵です。黄色いマークのある場所については、誰をどこに配置するかは〈賢者〉様に任せます」

地図を見ながら〈賢者〉が尋ねる。

「青い印――魔導兵の配置はもう決めてある、ということかい？」

「話が早くて助かります……あ、ついでに一つ補足が」

「なんだい？」

「〈賢者〉様の他、大魔導士の方は全員帝城付近にいてください。これは魔導演武が行われる間ずっとです。理由は言わなくてもわかると思いますが」

「皇帝陛下《こうていへいか》や他国からの賓客《ひんきゃく》を、万が一にも魔族に傷つけさせないため、かな？」

「そういうことです」

ふむ。

まあ、臨時街にいる人間は帝都内に宿を取り損ねた平民の観光客がほとんどだ。

貴族やら国外の来賓やらが集まる帝都内の警備を厚くするのは理解できる。

……というか他国の来賓《らいひん》は魔族がやってくることを知っているんだろうな？

さすがに説明はしてあると思いたいが。

「〔炎獅子〕、一つ気になることがある」

「なんです？」

〈賢者〉は静かに問いを発した。

「ここにいる魔導士のほとんどが、帝都内の警備になっている。この意図は？」

〈賢者〉の言う通り、黄色の印はすべて帝都外壁の内側にあった。

帝都の外に設置された臨時街の警備はすべて青色の印……魔導兵。

かなり極端な布陣《ふじん》だが、〔炎獅子〕はこう説明した。

「臨時街は結界がなく、守りが薄い。帝都の外側にあるから魔族ラビリスに襲撃される可能性が最も高い、ということでしたね？」

「そうだね」

「だからですよ」

〔炎獅子〕は嘲《あざけ》るような笑みを浮かべた。

「――戦場になりそうな場所で、弱っちい魔導士がうろちょろしてたら困るんですよ。俺たち魔導兵の邪魔になるでしょ？」

……んん？

おい、今なんかあの男、とんでもないことを言わなかったか。

「弱い魔導士？　僕たちが、かい？」

「いやいや、〈賢者〉様は別ですよ！　他の大魔導士の方も、正直〔剣聖《ジジイ》〕のことがあるんで疑わしいっすけど……まあ強いとして。それ以外の連中は正直アテになんねーと思いますけどね」

〔炎獅子〕はへらへらした態度で傲岸不遜《ごうがんふそん》に言ってのける。

「……はぁ」

隣では〔水精〕が頭痛でもこらえるようにこめかみを押さえている。

「ふざけるな！」

会議場の中で声が上がった。

「〔炎獅子〕！　撤回しろ！　我々が弱いだと？　不愉快極まりない！」

「そうだ、由緒《ゆいしょ》ある一門《クラン》に所属する我らを愚弄《ぐろう》するか⁉」

「幻獣騎士団の隊長だからといって図に乗るなよ、小童《こわっぱ》が！」

それらの罵詈《ばり》雑言《ぞうごん》にも〔炎獅子〕は動じない。

「いやー、事実でしょ。例えば、この前の魔導会議で新しく認可された魔術──【七色の小鳥《レインボーバード》】でしたっけ？　あれがなんの役に立つんですか？　一門《クラン》だなんだってごちゃごちゃやってるけど、要するに魔術で遊んでるだけじゃないですか、魔導士協会なんて」

「貴様、魔導士協会の活動すら否定するつもりか⁉」

「じゃあ、皆さんは言えますか？　ここにいる協会の魔導士だけで、魔族に太刀《たち》打ちできるって」

その言葉に、それまで顔を真っ赤にして怒鳴《どな》っていた魔導士たちは黙り込んだ。

〔炎獅子〕は馬鹿にしたような笑みを浮かべた。

「ほらぁ～。やっぱ自信ないいんじゃないっすか。大人しく守られときゃいいんですよ、協会の魔導士なんて。魔族は俺たち魔導兵が仕留めておきますから」

……おお。なんというか、言いたい放題だな。

俺は隣にいるロルフに尋ねた。

「ロルフ、解説しろ。あの〔炎獅子〕とやらは何者なんだ？」

単に実力がある魔導兵、というだけでは〈賢者〉を前にあの口の利き方はできまい。

「……あのねウィズ・オーリア。今更だけど、貴族の僕に平民の君がその口調はどうなの？」

「？　俺の威厳《いげん》と気品に満ち溢《あふ》れた口調がどうかしたのか？」

「君って……はあ、まあいいや。それで、〔炎獅子〕の立場だったね」

ロルフは溜め息交じりに説明を始めた。

「彼らは簡単に言うと、皇帝陛下の指揮下にある魔導士なんだよ。〈賢者〉様ではなく皇帝陛下の指示を受けて動く。それが魔導兵の特徴だ」

「ん？　いや、魔導兵だろうとすべての魔導士は魔導士協会に所属するものだろう」

そして魔導士協会に所属するということは、その長である〈賢者〉に従うはずだ。

「そりゃね。けど実際に魔導兵を動かせるのは皇帝陛下だけさ。だってそうしないと簡単に反乱が起こっちゃうからね」

「ふむ」

「もともと〈賢者〉っていうのは皇帝陛下の相談役から始まった役職だ。そこが軍隊まで預かったら、皇帝陛下の立場がないよ」

ロルフはそう言って肩をすくめた。

「で、それが〔炎獅子〕の態度に関係あるのか？」

「大ありさ。魔導兵とそれ以外の魔導士――いわゆる〝協会魔導士〟――は、派閥《はばつ》が違う。前者は皇帝陛下に従うし、後者は〈賢者〉に従う」

「そういう話だったな」

「で、この二つは伝統的に仲が悪い。主な理由は考え方の違いかな。魔導兵は強さこそすべての実力主義。対して協会魔導士は色んな魔術の研究をよしとしてるから」

「魔導兵からすると協会魔導士の活動は、お遊びにでも見えると？」

「簡単に言えばそういう感じ」

大体わかってきた。

一門《クラン》の種類は多種多様。戦闘系以外の技術を研究するものも多くある。さっき前で話していた〔隔絶〕一門《クラン》なんかがまさにそうだ。

しかし魔導兵にとっては実戦での強さがすべてであり、魔術を戦い以外のことにばかり使っている協会魔導士たちを馬鹿にしている。

ゆえに〔炎獅子〕たちは協会魔導士たちに傲慢な態度を取り、協会魔導士たちは今回のようなケースでは魔導兵に反論しにくいと。

「まあ、さすがに魔導結界みたいな設備に関しては必要性を認めてると思うけどね。ただ、こと戦闘に関して、彼らには強い自負《じふ》があるんじゃないかな」

ロルフの補足を聞き、俺は溜め息を吐《つ》いた。

「まったく、我が強いやつは困る。組織の中では、ああいうのが無用なトラブルを起こすのだろうな」

「君だけはそれを言っちゃいけないと思うよ」

「そのくせ腕っぷしだけは強いときたか。やれやれ、始末に負えんな」

「本当に、君だけはそれを言っちゃいけないと思う」

派閥がどうあれ、今は皆が手を取り合う時。和を乱すとはけしからん連中だ。

視線を再び前に戻すと、〔炎獅子〕が〈賢者〉に話しかけていた。

「――ということなんで、〈賢者〉様。これを基に人員配置の再編をお願いしますね」

〈賢者〉の元に視線が集まる。

多くの協会魔導士が〈賢者〉に視線を送っていた。

無礼な〔炎獅子〕に鉄槌《てっつい》を下してほしいと言わんばかりに。

〈賢者〉は口を開く。

「皇帝陛下の言う通り、帝都内部に魔導士を多く配置するのは妥当《だとう》だろうね」

「でしょ？　さっすが〈賢者〉様、話がわかる！」

「ただ……数人、こちらからも臨時街の警備に加えたい人間がいる。構わないかな？」

〈賢者〉の言葉に、〔炎獅子〕が笑みのまま尋ねた。

「……それはつまり、魔導兵だけじゃあ魔族が来た時に不安だと言いたいんですかね？」

「そうだね。端的に言えば」

「へえ、気になってきましたよ。雑魚《ざこ》揃いの協会魔導士にそんなやつがいるなんて」

「楽しみにしてもらえて何よりだ」

余裕のある笑みを崩さない〈賢者〉に、〔炎獅子〕が苛立《いらだ》ったように舌打ちをする。

……ん？

〈賢者〉が一瞬だけ俺のほうを見たような。気のせいだろうか。

「こちらの魔導士の配置については、大魔導士の三人と協議の上で決める。今日中には再編案を用意するよ」

「……はいはい。わかりましたよっと」

面倒くさそうに溜め息を吐き、〔炎獅子〕は引き下がった。

結局この場では誰がどこに配置されるかわからないままか。

現在も帝都の衛兵《えいへい》が警備についているとはいえ、早めに決めてほしいものだな。

「さて、会議を進めよう。人員配置は後ほど通信魔術で伝えるとして……そうだ、先に共有しておくことがある。魔導演武の参加者についてだ」

〈賢者〉は会議場に座る魔導士たちを見回す。

「この場の何人かは、魔導演武に参加することになっている。魔族ラビリス討伐も重要だが、魔導演武本来の目的も忘れてはならないからね。基本的に警備と魔導演武のスケジュールとは被らないようにするつもりだけど……大会でなんらかのトラブルが起こる可能性もある。出場しない者は魔導演武参加者と警備する場所が被った場合、配慮《はいりょ》してあげてほしい」

魔導会議の最初に〈賢者〉が言った通り、魔導演武というイベントはこの国にとって重要度が高い。そのためラビリス討伐チームメンバーの大会参加は推奨《すいしょう》とまではいかないが、認められている。

「〔炎獅子〕に〔水精〕、君たちも参加すると聞いたけど……」

〈賢者〉が言うと、レナードとセレスは頷いた。

「そうっすね」

「上からの指示ですので」

あの二人もいるのか。

「そうか。君たちの戦いぶりが見られるのを楽しみにしているよ……それじゃあメンバーを伝えておこうか。まずは――」

〈賢者〉が魔導演武に参加する魔導士の名前を共有していく。その中にはエンジュの名前もあった。予想はしていたが、あいつも参加するようだ。

「――最後に、ウィズ・オーリア。以上だ」

〈賢者〉が最後に告げた名前に会議場がどよめく。

隣に座るロルフが目を丸くしている。

「……え？　君も魔導演武に参加するのかい？」

「当然だ」

魔導演武はこの国の強者たちが集う魔導士の祭典だ。ここで好成績を残せば、昇級に大きく近づく。一年に一回しかない好機《こうき》を逃すことなど有り得ない。

魔導士の一人が叫んだ。

「〈賢者〉殿、それは一体なんの間違いですか⁉」

「レストン卿《きょう》、間違いとは？」

「決まっているでしょう！　あの者は、未確認の魔族と契約《けいやく》し、由緒あるレガリア魔導学院の生徒や建物に甚大《じんだい》な被害を出したのですよ!?　それを帳消しにする条件として、魔族ラビリスの討伐を求められているはず！　それが警備を放置して魔導演武に参加など、許されるはずがないでしょう!?」

その声に、他の魔導士たちも同意するが……それについては当然すでに話し合いが済んでいる。

〈賢者〉は大魔導士用の席に視線を向けた。

「レストン卿の発言はもっともだ。ウィズ・オーリアは魔族への対策に専念すべき。しかし彼は破格の交換条件を提示してきた」

「交換条件？」

「──妾のことに決まっておろう」

ユグドラ師匠は席を立ち、〈賢者〉の隣へ歩み出る。

「せ、〈聖女〉殿……？　それはどういう意味ですか？」

「ウィズが魔導演武に参加しておる間、妾がウィズに代わり魔族ラビリスの襲撃に備える、ということじゃ。それでもまだ不安があるか？」

「なっ、〈聖女〉様が自ら!?」

魔導士たちの驚愕の声が響く中、師匠がぱちりと俺に向かって片目を瞑《つむ》ってくる。

……まあ、そういうことだ。

エルフの里出身である師匠は、帝国にとってはあくまで客分。魔導士としてのあらゆる義務が免《めん》除《じょ》されているため、本来なら師匠はこの防衛部隊に参加する必要はない。しかし事前の〈賢者〉との話し合いで、俺が魔導演武に参加することと引き換えに、師匠は魔導演武の期間中のみ助力することになった。

「……本当に不愉快な話である」

「あははー……まあ、ユグドラさんがいてくれるなら安心じゃないですかー色々と……誰も死なないって決まったようなもんですしー……」

〈雷帝〉と〈死神〉がそんなやり取りをしているのが聞こえてきた。

「というわけで、魔導演武の話はこれでいいかな。それじゃあ次の議題だけど――」

〈賢者〉が会議を先に進める。

その後は特に問題もなく、臨時魔導会議は終了したのだった。

「終わったぁ～」

魔導会議が終わり、会議場を出たところで、当然のようについてきていたロルフが伸びをしながらそんなことを言った。

「で、ロルフよ。お前はいつまで俺に付きまとうつもりだ？」

「本当に君は貴族相手に敬語を使おうとしないね」

「痛めつけられて喜ぶ変態を敬《うやま》う気はないからな」

「……いや、あれは事情を説明したじゃないか……はあ、もういいや」

ロルフは溜め息を吐いた。物分かりのいい変態だな。

「別に付きまとうつもりはないよ。これから仕事があるからね。警備用の魔導ゴーレムの整備とか……帰りたい……魔族が来たら二秒で漏《も》らすよ、僕」

「さっさと行け」

こいつは本当に貴族なのか？　プライドのかけらも感じない。

そんなやり取りを最後にロルフと別れる。

さて、俺はこれからどうするかな。

師匠は人員配置の話し合いがあるとかでまだ会議場に残っているし、エンジュは会議が終わると話しかける間もなくさっさと立ち去ってしまった。街の警備をしようにも、まだ配置すら決まっていない状況だし……とりあえず帝都内を見て回るか。

「そこの白髪の少年。少し手伝ってくれんか？」

方針を決めたところで、後ろから声をかけられた。〔隔絶〕――オーギュストだ。

「何か用か？」

「この結界魔導具を外壁の上まで持っていくのを手伝ってくれんか？　弟子たちだけでは手が足りんくての」

「いいだろう。〔隔絶〕――お前は幸運だ。この俺の手が空いているタイミングで声をかけたのだからな」

「お前さん、噂《うわさ》通りに偉そうな話し方をするのう」

〔隔絶〕はそう言い、気にした様子もなく笑った。

〔隔絶〕の指示通り無属性魔術の【浮遊《レビテーション》】で外壁の上まで結界魔導具を運ぶ。外壁の上には、すでに同じ形の魔導具がいくつも置かれていた。飛行魔術でついてきた〔隔絶〕が指示を出してくる。

「そこの印《しるし》に合わせて、魔導具を設置してくれ」

「わかった」

ズンッ……

……本当に重いな、この結界魔導具。置いただけで凄い音がしたぞ。内部はどんな仕組みになっているのやら。

「助かったぞい、白髪の少年」

「このくらい容易《ようい》なことだ。あと、白髪という呼び方はやめろ。俺はウィズ・オーリアだ」

「ではウィズ少年か。ふむ、なるほどのう」

「……なんだ」

急にじろじろと俺の顔を見る〔隔絶〕。

「いや、実は儂、お前さんのことを気にしとったんじゃよ。ユグドラ嬢に関することでな」

「師匠に関すること？」

この老人は、師匠となんらかの関わりがあったんだろうか。

「ユグドラ嬢は少し前まで、本当に人生がつまらなそうじゃった。そんなユグドラ嬢が最近は実に生き生きとしておる。その要因となったのは……ウィズ少年、お前さんじゃ」

「……〈隔絶〉。お前、師匠とどういう関係なんだ？」

「単に昔のユグドラ嬢を知っとるだけじゃよ。儂、長生きじゃから」

ほっほっほ、と笑う〈隔絶〉。まあ見た目からして長生きではあるだろうが。

師匠をユグドラ〝嬢〟呼ばわりできる人間がいるとはな。

「今のユグドラ嬢は見ていて安心する。できれば、お前さんには長くそばにおってほしいもんじゃな」

「言われるまでもない。師匠に寂しい思いなどさせるものか」

「それが聞けただけで安心したぞい。では、魔導演武も警備も頑張るんじゃぞ」

「無論だ」

〈隔絶〉に見送られ、俺は外壁の上を後にするのだった。


〈隔絶〉と別れた後、俺は帝都内の警備状況を確認した。

すでに魔導結界は発動しており、普段から帝都を覆《おお》う結界と合わせて二重の防御となっている。

外壁の上には見張りの兵士がいて、街中にも巡回《じゅんかい》の兵士や魔導ゴーレムが大量に放たれている。

実に厳重《げんじゅう》だ。これならそうそう魔族の侵入は許すまい。

ここからさらに魔導兵やら大魔導士、〈賢者〉といった大戦力が配置されるというのだから、帝都内の安全は確約されたようなものだろう。

「臨時街のほうも見ておくか」

帝都を一旦出て、俺は〝第一臨時街〟へと向かった。

臨時街は第一、第二、第三の三つあり、それぞれ帝都外壁の門の近くに作られている。低めの外壁に囲まれた臨時街には、宿屋や酒場といった施設があり、中央広場には映写《えいしゃ》魔導具が置かれている。これで宿泊客は魔導演武をここからでも観覧《かんらん》できるのだ。

魔導演武の時期、帝都内の宿はどこもすさまじく宿泊代が値上がりする。

一方この臨時街は警備が心許《こころもと》なかったり、帝都の賑わいから遠かったりはするが、宿代が安い。庶民《しょみん》が泊まるならこちら、というわけだ。

「警備は……予想以上に手薄だな」

魔導結界はなく、見張りの兵士や魔導ゴーレムも少ない。巡回しているのは平民の兵士ばかりで、使い魔を連れた魔導兵はほとんどいない。

……随分あからさまだ。

まるで庶民なら魔族に襲われてもいい、と言わんばかりではないか。

〈隔絶〉や〈賢者〉は、臨時魔導会議で『臨時街には多くの魔導士を配置する』というようなことを言っていたから、これは魔導士協会の意向ではあるまい。おそらく皇帝側の考えだろう。協会魔導士の配置で、ある程度は改善されることを望むばかりだ。

そんなことを考えていると、激しい物音と叫び声が聞こえてくる。

「ぎゃあああああっ！」

「はっ、平民ごときが俺たち魔導士に逆らうからそうなるんだ。身のほどを知れ！」

近くの酒場からだ……なんの騒ぎだ？

音のした酒場に行ってみると、喧嘩《けんか》の真っ最中だった。店の前には野次馬《やじうま》で人だかりができている。その奥の光景を見て、俺は気付いた。

中に魔獣が……というか使い魔がいる。

野次馬の一人に話しかける。

「おい。店の中で暴れているのは、魔導兵じゃないか？」

「あ、ああ。そうだ。魔導兵がこの酒場の店主に言いがかりをつけたんだ。それで店主が反論したら、魔導兵の連中……店主を魔術でぶっ飛ばしやがった。しかも止めに入った冒険者たちまで……なんて横暴なやつらだ。信じられねえよ！」

「ほう」

魔導兵が平民相手に理不尽に暴れている、というわけか。

ならば俺が行くしかあるまい。

「どいていろ」

「あ、おい！　やめとけって！」

止められるのも構わず、俺は悠然と酒場に足を踏み入れる。

酒場の中は酷《ひど》いありさまだった。

テーブルや内装《ないそう》は壊され、割れた皿や料理が床に散らばっている。

「なんだ、貴様は？」

「我々に何か用か？」

ニヤニヤと笑いながら、酒場の中にいた魔導兵二人が俺を見てくる。

「魔導兵よ。この店の惨状《さんじょう》……お前たちがやったのか？」

「ああ、そうだ」

「不味《まず》い料理で俺たちから金を取ろうとしたから、身のほどをわからせてやったのだ。平民ごときが魔導士に逆らっていいわけないだろう？」

そう言って下品に笑う魔導兵二人。

なんというか……想像以上に横柄《おうへい》な連中だな。

ここまで下種《げす》っぽい魔導士は珍しい気がする。

一周回って感心してしまいそうだ。

「お、お前……ウィズか？」

奥で倒れていた冒険者が俺を見て目を丸くした。

「おお、デカンとガイルーではないか」

声をかけてきたのは、帝都までの道中で馬車の護衛をしていた冒険者たちだった。

魔導兵の喧嘩相手はこいつらだったのか。

そういえば別れ際、臨時街に行くとか言っていたな。

デカンたちは風魔術でも食らったのか、全身に切り傷ができていた。

「お前たちはこの店を守ろうとしたのか？」

俺が聞くと、デカンとガイルーは頷いた。

なるほどな。状況は大体理解した。

「では、ここからは俺が相手を務めよう。魔導兵ども、かかってくるがいい」

俺が言うと、魔導兵たちは嘲笑した。

「はっ、威勢がいいじゃないか！　その階級章……さては学生の魔導士だな？」

「あいにく俺たち魔導兵は、協会の魔導士とは違うぞ？　あんなボンボン揃いの連中とは比べ物にならん」

俺はにやりと笑った。

「口ばかり達者《たっしゃ》なのは弱者の特徴だ。断言しよう――お前たちは、俺にかすり傷一つつけられんとな」

「ふん、生意気な！　【石槍《ストーンスピア》】！」

「【障壁《バリア》】」

ドガガガカッ！

十数本の石の槍《やり》は俺の手前で障壁に阻まれて砕け散る。

「……は？」

信じられないものを見たというような顔をする魔導兵。

「どうした？　この程度か？」

「ど、どうなっている!?　この俺の土魔術が……！」

「場所を変えよう。この店をこれ以上荒らすわけにはいかんからな」

俺は【石拳《ストーンハンド》】を四本出現させると、魔導兵二人と使い魔二体を掴《つか》んで店から放り出した。

その二人を追うように俺はゆっくりと酒場から外に出る。

そこには殺気を目に宿《やど》す魔導兵たちが待っていた。

「貴様っ……よくもやってくれたな！　殺してやる！」

「……」

「ドルヒド！　貴様も何を黙っている！　あんな小僧《こぞう》にいいようにされたんだぞ！」

【石槍《ストーンスピア》】を撃ってきたほうの魔導兵がもう片方に怒鳴《どな》る。

しかし怒鳴られたほうの魔導兵は俺を見てガクガクと震え出した。

「白髪……それに常識外れの魔素干渉力……ッ、貴様まさか、〔魔族殺《まぞくごろ》し〕のウィズ・オーリアか……⁉」

「なんだと⁉　ドルヒド、それは本気で言ってるのか⁉」

「そうだ、レイナット！　あの外見、間違いない！」

俺は薄い笑みとともに首を横に振る。

「魔族殺し、か。その呼び名は正しく、だが的を外している」

「どういう意味だ⁉」

「魔族ジルダは確かに倒したが、それは封印しただけだ。そしてもう一つ——俺は〔魔族殺し〕などという無粋《ぶすい》なあだ名では呼ばれていない。俺は〔光抱きし魔族討伐者《ブリリアント・イビルスレイヤー》〕だ……」

……いや、〈漆黒の魔族殺し《ダークネス・イビルバスター》〉だったか？

まあどっちでも構わんか。

「この馬鹿のような話し方！　やはりこいつが〈魔族殺し〉だ！」

「ああ……こんな変なやつが二人もいるはずがない……！」

なんという不愉快な確信のされ方だ。

「それで、どうする？　謝罪《しゃざい》して店を修復するというなら見逃してやろう」

俺が言うと、二人の魔導兵は目を吊り上げた。

「ふざけるな！」

「誇《ほこ》り高き魔導兵である我々が、小僧一人に退《ひ》けるか！」

やれやれ、玉砕を選んだか。

では引導《いんどう》を渡すしかないな。

俺が手を天に掲《かか》げると、頭上に数百の石槍の群れが出現する。

「「な、ぁ……？」」

愕然とする魔導兵二人。

「本当の【石槍《ストーンスピア》】の味を教えてやろう」

「ま……待て。わかった。話し合おう。悪かった。俺たちが――」

「――もう遅い。裁きを受けろ、愚かな魔導兵どもよ！」

ズガガガガガガガガガガガッッ!!

空中の【石槍《ストーンスピア》】をまとめて叩き込む。

……まあ、命中はさせていないが。

「………あ、ああ……」

「あがぁ……」

大量の石の槍は墓標のように地面に突き立ち、魔導兵二人の衣服のみを射抜いている。かすり傷一つないというのに、魔導兵たちは恐怖のあまり気絶していた。情けないことだ。

使い魔たちには容赦《ようしゃ》なく当てたが、契約中の使い魔は死なんから構わんだろう。大きなダメージを受けても階級章に引っ込むだけだ。

「これが真の【石槍《ストーンスピア》】だ。お前たちには過ぎた代物《しろもの》だろうがな……」

バサァッ！

俺は静かに告げたのち、身を翻《ひるがえ》す。

脅威《きょうい》は去った。であるなら英雄は淡々とその場を後にするのみ。

……あ、いかん。酒場を直しておく必要があるか。俺は酒場の中へと入っていく。

「【樹造形《ウッドフォーム》】」

即興《そっきょう》の造形魔術で、魔導兵に荒らされた酒場の壁や内装を修復していく。

やや装飾が足りない気もするが、そこはとやかく言うまい。

店主のこだわりかもしれんしな。

「な、なんてことだ……店があっという間に元通りに……!?」

店の奥にいた店主が呆然《ぼうぜん》とした顔をしている。

「ああ、俺はもう酒場はたたむしかないと思ってたんだ！　それがこんな綺麗《きれい》な状態に戻るなんて……！　ああ、魔導士様、あんたは最高だ！　この恩は絶対に忘れねえ！」

目を潤ませて、俺の手を取りながらそう言う店主。

「礼はいらん。俺は俺の哲学に従って行動しただけだ」

「そう言うなよ！　そうだ、今から料理を作る！　山ほど作るぞ！　どうか食っていってくれ！　もちろんお代なんていらないからな！」

店主がバタバタと厨房《ちゅうぼう》へと引っ込んでいく。

元気なことだ。丁度腹も減っていることだし、ここは言葉に甘えておくか。

「ウィズ！　お前本当に凄いんだな！」

「ああ、感動しちまったぜ！　まさかあの恐ろしい魔導兵たちをあっさりやっつけちまうなんて……！　それに店もあっという間に元通りにしちまって！」

店主と入れ替わるようにして、デカンとガイルーが駆け寄ってくる。

魔導兵との戦いや酒場を直した魔術を見たせいか興奮気味だ。

「フッ、俺にとっては簡単なことだ……それよりお前たち、傷だらけだな」

「ん？　あー、まあな」

「けど、どうってことねえよ。このくらい冒険者なら慣れっこだぜ」

そう言って無事をアピールするように体を動かしてみせる二人。

「せっかくだ、治してやろう。横暴な魔導兵に立ち向かった勇気を称えてな」

俺はボロボロだったデカンとガイルーに【下位回復《ヒーリング》】を施《ほどこ》す。

すると二人の傷はみるみるうちに塞がった。

「うおおっ……!?」

「すげえ！　傷が治っちまった！」

驚いたようにそう言い、飛んだり跳ねたりして体に異常がないか確かめる二人。

どうせならこの二人も同席させるか。

「店主！　ここにもう二人、店を守った英雄がいるぞ！　料理の追加を頼む！」

「おうよ、魔導士様！　もちろんその二人にも俺が奢《おご》るぜ！」

「「よっしゃあああああ！　タダ飯だぁあああああああ！」」

デカンとガイルーが大はしゃぎで席に着く。

そんな感じで騒がしくしていると、それまで店の外で様子を窺《うかが》っていた野次馬たちが店の中に入ってきて、俺に話しかけてくる。

「な、なあ、あんた何者なんだ……？」

「平民の俺たちを庇《かば》ってくれる魔導士なんて初めて見たぜ！」

「今回の魔導演武には参加するのか？　名前はなんて言うんだ？」

やれやれ、この英雄の名をそんなに聞きたいか。俺は立ち上がり宣言する。

「俺の名はウィズ・オーリア。平民ではあるが、いずれ〈賢者〉に至る天才魔導士だ。今回の魔導演武に参加するほか、街の警備にも携わる。お前たちは安心して俺の活躍を目に焼き付けるがいい！」

「うおおおおおおおおおおおおおおおッ！」

「平民魔導士⁉　聞いたことねえ！」

「しかも魔導演武に参加するだって……！　すげえよお前！　俺、応援するからな‼」

その場の平民たちは俺の言葉に大盛り上がりするのだった。

◇　◇　◇

『――以上が最終的な警備場所の割り当てだ。各自頭に叩き込んでおいてくれ』

臨時魔導会議があった日の夜、簡易版の魔導会議が開かれた。

全員が通信魔術での参加で、内容も警備する場所、担当する時間の通告だけというシンプルなもの。俺は第一臨時街の宿の一室からそれに参加している。

会議の結果、俺は偶然にも今いる第一臨時街の警備に回された。

臨時街は帝都の外にあるため、魔人族ラビリスに襲われる可能性が高い。そのためここの守りにつくのは魔導兵がほとんどだが、俺やエンジュをはじめ、数人の協会魔導士が配置されている。

〈賢者〉には何か思惑《おもわく》がありそうだが、願ってもない。

シアの一件もあるし、俺はラビリスと戦わなくてはならんからな。

『警備は明日からだ。それでは皆、今日はゆっくり休んで備えてくれ』

魔導会議が終わった。

それと同時に、俺のいる部屋にユグドラ師匠がいきなり出現した。

「ウィズー！　妾疲れたぞー！」

「うおっ……」

【疑似転移】で会議場から飛んできたらしい師匠が、俺に飛びついてくる。

これは相当ストレスが溜まっていそうだ。

無理もない。昼間の会議からずっと話し合いに参加していたようだしな……

「お疲れ様です、師匠。何か食べるものでも用意しましょうか？」

「いらん。それよりもっと強く抱きしめてくれ。ウィズ成分が足らん……」

「なんですか俺の成分というのは……別に構いませんが」

「聞いてくれウィズ、〈賢者〉もクロムもヨルも酷いんじゃ。妾を警備だけでなく、臨時治療院の責任者にまでしおった……普段仕事をしとらんことを絶対根に持っておる……」

俺に抱き着いたまま呻《うめ》く師匠。どうやら〈賢者〉や他の大魔導士は、マイペースを貫く師匠に色々と思うところがあるようだ。

「……すみません師匠、俺が魔導演武に参加すると言い出さなければ……」

「弟子のわがままを聞くのも師匠の務めじゃ。それは気にせんでよい」

「ありがとうございます、師匠」

人間嫌いの師匠にとって、今回の仕事は愉快なものではないだろうに、それでもこうして請け負ってくれている。感謝しかない。

「ウィズは会議の後、何をしておったんじゃ？」

「そうですね。とりあえずこの街の平民たちの英雄になっておきました」

「本当にお主は何をしておったんじゃ」

「あとは……ああ、〔隔絶〕と少し話しましたね。師匠のことも話題に出ましたよ」

俺が〔隔絶〕の名前を出すと、師匠の表情がちょっと嫌そうなものになった。

「あの、師匠は〔隔絶〕に何か思うところが？」

「……いや、そういうわけでもないがの。あれじゃ、あやつは妾より長生きじゃからな。小娘のように扱われてやりにくいというか」

〔隔絶〕は師匠のことをユグドラ嬢と呼んでいた。師匠を含めエルフは人間よりはるかに寿命《じゅみょう》が長いと聞くし、人間に子ども扱いされるのは複雑なのだろう。

「とりあえず今日はもう疲れた！　ウィズ、もう寝よう」

「この部屋にベッドは一つしかないんですが」

「別にいいじゃろ。添《そ》い寝じゃ添い寝。妾は頑張ったご褒美《ほうび》が欲しいんじゃ」

「……承知しました。それでいいなら」

この師匠、無防備に体をくっつけてくるから理性を維持するのが大変なんだが。

まあ、こんなことが恩返しになるなら受け入れるとしよう。

第三章　魔導演武、始まる

そこから何事もなく数日が過ぎ、魔導演武の初日がやってきた。

今のところラビリスが来る気配《けはい》はまったくない。まあ、ラビリスは魔導演武の期間内に襲撃するようなことを言っていたから、まだ来なくてもおかしくはないんだが。

師匠は警備のため、すでに出発しているので、俺は一人で宿を出る。

すると不意に通信魔術がかかってきた。

『おはようございます、ウィズ様』

「サーシャか？　久しぶりだな」

虚空《こくう》に浮かんだ光の中に映し出されたのは、桜色の髪の少女だった。

『我が主《マイロード》！　ああ、再びお声を聞ける時を待ちわびておりました！』

『ソフィちゃん、今はサーシャ先生が話してるから……！　あ、その、アガサです。お久しぶりです、オーリア先生』

魔導学院の教え子であるソフィとアガサも映る。

どうやらこの二人はサーシャと一緒にいるらしい。

映像からは喧噪《けんそう》や、人が行き来する様子が伝わってくる。

「サーシャ、もしかして今帝都にいるのか？」

『はい。魔導演武の救護チームに参加するよう、通達があったので』

「ソフィとアガサは……そうか、魔導演武の学生部門にエントリーしていたな」

『はい！　我が主《マイロード》の教えの素晴らしさを布教《ふきょう》するまたとない機会ゆえ！』

『……わたしはソフィちゃんに、無断で申込書を出されてて』

『我が主《マイロード》の教徒で一位二位を取るのです。異論は認めません』

魔導演武には一般部門と学生部門があり、ソフィとアガサは後者に参加することになっている。

学生部門は魔導兵などの新人発掘の場として需要《じゅよう》があり、一般部門ほどではないがそれでも相当に盛り上がる。確かエンジュは学生時代に優勝経験があったはずだ。

サーシャが二人と一緒にいるのは、おそらく付き添いのためだろう。

『わたしたち、これから開会式に向かうところなんですが、せっかくですからウィズ様も一緒に行きませんか？』

「構わんぞ。ではそちらに飛ぶ。二秒待て」

『はい！』

【疑似転移】でサーシャたちのもとに移動する。

「来たぞ」

「おはようございます、ウィズ様」

「直接お会いできて感動に体が震《ふる》えそうです、我が主《マイロード》……！」

サーシャとソフィがそれぞれそんな挨拶《あいさつ》をしてくる。

「あ、あの、サーシャ先生とソフィちゃんは動じてないけど……さっきまでオーリア先生は全然別の場所にいたよね……？　本当に二秒でここに来るって……」

「細かいことは気にするな、アガサ」

「……そうですよね。オーリア先生ですもんね。あはは」

諦めたようにアガサは力なく笑った。俺の規格外ぶりに慣れてきたようで何よりだ。

挨拶も済んだところで、開会式の行われる大闘技場に移動を開始する。

「色んな人がいますね〜」

帝都を移動中、サーシャが周囲を見ながら楽しげに言った。

「魔導演武の期間中は、薬師国《クロシオン》や獣親国《ヴィルシア連邦》といった同盟国からも大勢の観光客が来るからな」

道行く人の中には、帝国人ではなさそうな人間も多い。

ゆったりとした服を着たのがクロシオンからの、顔にペイントを施し露出の多い服装をしているのがヴィルシア連邦からの観光客だろう。

魔導演武の時期特有の雰囲気を楽しんでいると、アガサに話しかけられた。

「あの、オーリア先生。一つ聞きたいことがあります」

「なんだ、アガサ？」

「シアちゃんは……その、今どうしてますか？」

俺の階級章を見て心配そうに尋ねてくる。

「階級章の中で眠っている。実体化は禁じられているが、無事だぞ」

「そうですか……」

ほっとしたような、どこか不安そうな、そんな顔で息を吐くアガサ。

シアのことを友人として心配してくれているんだろう。

シアは無事だ——今のところは。

俺はシアを暴走させたことへの処罰を帳消《ちょうけ》しにするため、魔人族ラビリスを討伐するよう命じられた。しかしラビリスが現れなかった場合、あるいはラビリスを他の誰かが倒した場合に俺の扱いがどうなるかはわからない。

万が一俺が処刑されるようなことがあれば、シアもただでは済まないだろう。

……気合いを入れて警備に当たらねばならんな。

「我が主《マイロード》が動くなら、なんの心配もありません。私とアガサのすることは一つ。魔導演武で好成績をあげ、戻ってきたシアに思い出話を聞かせることだけです」

「ソフィちゃん……そうだね。よし、やる気出てきたよ！」

ソフィの言葉に、アガサは暗い雰囲気を吹き飛ばすように拳を握った。

そんな話をしているうちに、俺たちは目的地である〝帝都闘技場《ていとうぎじょう》〟に着いた。

帝都闘技場。

それは国内——というかおそらく世界最大のコロシアムだ。

この施設《しせつ》は五万人以上を収容できる規模の大闘技場と、三つの小闘技場によって構成される。そして一般部門の魔導演武は大闘技場と小闘技場二つ、学生部門の魔導演武は小闘技場一つを使って行われる。ちなみに開会式が行われるのは大闘技場だ。

「それではウィズ様、また後ほど。応援してますよっ」

「我が主《マイロード》、私とアガサも行きます。ご武運を」

「頑張ってください、オーリア先生！　わたしたちも頑張りますので！」

大闘技場に着いたところでサーシャたちと別れた。俺が並ぶのは一般部門に参加する魔導士たちがいる場所だ。

……多いな。千人を余裕で超えるだろう。

「参加者の方ですか？　それではこちらの番号札《ふだ》をどうぞ！」

「ああ、ご苦労」

運営スタッフから番号札をもらう。

１７２０、と書かれているが……これになんの意味があるかは不明だ。

しばらく待つうちに、開会式が始まる時間になった。

大闘技場をぐるりと囲む客席の最上部、その一角に設《もう》けられた貴賓席《きひんせき》。そこに座るのは一部の大貴族に、クロシオンやヴィルシア連邦の来賓といった特別な者ばかりだ。〈賢者〉や師匠といった大魔導士の面々もいる。

その中の一人がゆっくりと立ち上がり、口を開いた。

『――有望なる魔導士の諸君。よくぞ集まってくれた。余《よ》の名はエルドリア・リュール・ファルゼンベルク。この国を統《す》べる皇帝だ』

拡声《かくせい》魔術を用いて声を響かせたのは、偉丈夫《いじょうふ》といえる外見の人物だった。

背は高く、体つきはがっしりとしている。声は豊かな響きを持つ低音。年齢は三十代半ばに見えるが、なんらかの特異体質を獲得している可能性もあるので、判然としない。

あれが皇帝か。直接見るのは初めてだ。

『魔導演武に参加する魔導士の数は、学生部門で七百人、一般部門で千八百人を超える。これほどの人数が集まってくれたことを余は嬉しく思う。諸君、存分に競え。その力を見せつけろ。魔術という、選ばれた者のみが振るえる力――それを誰よりも使いこなせるのは己《おのれ》だと証明しろ！　頂点に立った者は、帝国の歴史に名を刻《きざ》まれる！』

皇帝の言葉が勢いを増し、大闘技場の中の熱量が上がっていく。

『今ここに、第九十七回魔導演武の開催を宣言する!!』

途端、ワアアアアアアアア――――!!　と、大闘技場が熱狂に包まれた。

いよいよ始まるか。

皇帝の挨拶が済むと、今度は〈賢者〉が口を開く。

『それじゃあこれより、予選を開始する。参加者は番号札に対応する会場に移動してくれ。まず一般部門の1～1000まではこの大闘技場に、1001～1400までは小闘技場A、それ以降は小闘技場Bに移動だ。学生部門は小闘技場Cへ向かってくれ』

俺は小闘技場Bで予選に参加することになるようだ。魔導演武の試験内容は毎年変わるらしいが……さて、今年の予選はどんなものなのやら。

まあ俺が落ちることなど有り得んがな！

「ん？　エンジュではないか」

大闘技場を出る前、エンジュの姿を見つけた。

どうやら大闘技場に割り当てられたようで、他の会場に移動する素振《そぶ》りはない。

普段なら話しかけに行くようなことはない。しかし〔剣聖〕の死が伏せられている今、それを踏まえて声をかけられる人間は限られている……仕方ない、ここは俺が元気の出るような励《はげ》ましの言葉をくれてやるとしよう。

「時は満ちた、エンジュよ。ついに俺とお前の因縁《いんねん》にけりが――」

言いかけて、俺は言葉を止めた。

「……ああ、あんたか」

抑揚《よくよう》のない声で反応したエンジュは、違和感を覚えるほどに表情が硬い。顔色も悪く、目元にはクマが見える。

「……顔色が悪いぞ。何かあったのか」

「あんたには関係のないことよ。悪いけど、あんたに構っている暇はない。どこかに行きなさい」

張り詰めた口調で告げ、エンジュは俺から視線を外した。

普段から俺とは友好的なわけではないが、明らかに様子がおかしい。魔導会議の時から違和感はあったが……

「……邪魔したな」

今は長話をする時間もないので、俺はその場を去ることにする。

〔剣聖〕の死に落ち込んでいるという雰囲気ではない。もっと追い詰められているような感じだ。

一体何があったんだ？

「って、なぜ俺があんなやつのことを気にしなくてはならんのだ！」

エンジュは初対面から俺を見下してきたようなやつだ。心配する義理はない。今は魔導演武に集中しよう。

小闘技場Bへと移動する。

で、予選の内容はどんなものなんだ？

参加者に交ざって俺が気にしていると、答えはすぐにわかった。

ゴウン……という音を立て、会場の地面が割れ、その下にあった大穴が姿を現した。

穴というよりは、地下に向かう螺旋階段《らせんかいだん》だ。

しかも階段の幅は相当広い。

「なんだ、あの大穴!?」

「あれが予選に関係あるっていうのか？」

「ってことは――予選の会場は地下ってこと？」

困惑《こんわく》する参加者たちの疑問に答えるように、虚空に通信魔術の映像が展開された。

そこには二十代後半くらいの女性の姿が映っている。

『――おっはよーさん！　いやー今日この日をどれだけ待ったことか！　うちが今回の魔導演武で予選のフィールドを用意した超有名美人魔導士、〔迷宮王《めいきゅうおう》〕メイズ・ヴィ《子爵》ア・シュトロームでっす！　よろしゅうなあ！』

なんだあの女、と会場の心の声が一致した気がする。

しかし、〔迷宮王〕という二つ名は聞いたことがある。

『まあ皆知ってるとは思うけどー、まずは迷宮の説明からしよか。迷宮は簡単に言えば、うちみたいな専門の魔導士が作る人工的な迷路のことやな。中に魔獣を放したり、魔導ゴーレムを配置したりして、戦闘・地形踏破の訓練を行うために使われとる』

〔迷宮王〕が迷宮の概要《がいよう》を説明する。

迷宮とは、〃危険地帯を模《も》した魔導士の訓練施設〃のことだ。実戦的な訓練ができるため需要《じゅよう》は高いが、作れる者が少ない。俺も実際に見たのは初めてだ。

『今回の魔導演武予選の内容は、この迷宮を舞台にした〃タイムアタック〃！　最下層のゴールまでたどり着けた者《もん》の中から、かかった時間の少ない順に勝ち抜く仕組みや』

〔迷宮王〕が掲げた保存画には、装飾の施されたアーチ状の門が映っている。

あれをくぐればゴール、ということだろう。

『迷宮は全部で五層！　途中にはトラップが山ほどしかけてあるし、魔獣やら魔導ゴーレムやらもわんさかおる。それを潜《くぐ》り抜けてゴールまでたどり着けばクリアやな……あ、壁とか破ってショートカットしようとしても無駄やで？　死ぬほど頑丈に作ってあるからな。試すのは別に止めへんけど』

〔迷宮王〕はさらに説明を続ける。

『こっから大事な説明や。迷宮に入る前に、全員今から配るもんを必ずつけといてな』

〔迷宮王〕の言葉に合わせて運営スタッフたちが何かを配り始める。

これは……ペンダントか？　なんらかの魔導具のようだが。

『このペンダントは特別製の保護アイテムや。首にかけたら防護魔術が発動する。一定以上のダメージで割れてまうから、そうなった者《もん》は失格。さらに、装備者の位置を知らせる機能も持っとる。防護魔術が割れるか、こっちで危険やと判断した場合、迷宮の中に配置された〝救助ゴーレム〟が向かうことになっとる』

安全性を確保するための魔導具というわけか。

まあ、魔導演武で死人を出すわけにもいかないだろうから、当然の処置だな。

『説明はそんなとこやな。なんかわからへんこととかある？』

〔迷宮王〕がそう聞いてくる。

ややあって、〔迷宮王〕が再度口を開いた。

『今、大闘技場のほうから質問あったわ！　『他の会場の参加者と地下でかち合ったりせえへんの？』ってことやけど――』

……ああ、他の会場にも同時にこの映像は流れているのか。

そっちの誰かが質問をしたようだ。

『各会場にはそれぞれ別の迷宮が用意されとるから、中で他の会場の参加者と出くわしたりはせえへんな。そこは心配せんでええでー』

つまり一般部門の会場である三か所分の迷宮を用意したわけか。凄い気合いの入りようだ。

『他に質問ある？　ないな？　ほんなら予選始めるでー。まあ、会場の全員をいっぺんに迷宮には入れられへんから、何回かに分けるけどな。現地の皆、誘導よろしゅー』

「これより予選を始めます！　番号が１５００までの人はこちらに集まってください！」

運営スタッフが声を張り、魔導士たちが移動していく。

百人ずつの挑戦となると、しばらく俺は暇になりそうだ……などと考えていると、虚空に〔迷宮王〕が映っているものとは別の映像が二つ出現する。

『待っとる皆は、他の迷宮の様子でも見物しとったらええ。迷宮ごとに内容は違うから、ネタバレの心配はあらへんで～。つまり、さすがに自分の潜る迷宮の映像は見せられへんからそこは堪忍《かんにん》してな』

新たに出現した映像は、どちらも地下迷宮に挑もうとする魔導士たちの様子だった。ここ以外の二か所の予選は見物できるのか。暇潰しには丁度いい。

『よーしこっからいよいよ始まるでぇ、魔導演武の予選！　ふふ、うちはこの日を楽しみにしてたんや。たーんとうちの作品《子》を味わってや！』

　伝えるべきことを言い終えた〔迷宮王〕が意気揚々《いきようよう》と叫ぶ。

『準備はええか!?　トラブルは……ないな？　ええな？　ほんなら――迷宮踏破レース、スタートやぁあああああああああ!!』

　魔導士たちが迷宮の中になだれ込んでいく。

「番号１６００までの方は前方に集まってください！」

　第二陣となる参加者たちが迷宮のそばに集められていく。すぐ突入できるわけではないだろうが、少しでも進行をスムーズにするためだろう。

　と、不意に後ろから声をかけられた。

「数日ぶりだな、平民」

「俺たちのことを覚えているか？」

　話しかけてきたのは若い男の二人組だ。

　こいつらは……

「……誰だ？」

「ふざけるな、本当に忘れているやつがあるか！」

「忌々《いまいま》しい平民が……ッ！　第一臨時街でのことを忘れたとは言わせないぞ！」

ああ、思い出した。帝都に来た日、臨時街の酒場で暴れていた魔導兵たちだ。名前は確か……ドルヒドとレイナット、だったか？　俺たちが酒場から出た時には姿がなくなっていたので、すっかり存在を忘れていた。

この場にいることから察するに、こいつらも魔導演武に参加するようだ。

「何か用か？　あの時の報復がしたいというなら、後にしてほしいものだが」

騒ぎを起こして参加が取消になったら最悪だ。

「いいや違う。むしろ俺たちは貴様に温情を施そうと考えている」

「温情？」

「ここで地に頭をつけて謝罪しろ、平民。それであの時のことは忘れてやる」

俺は肩をすくめた。

「断る。あの一件に俺が謝罪するようなことは一つもない」

「そうか……では、後悔させてやる。ここで謝っておけば痛い目を見ずに済んだというのにな。ははっ、はははははは！」

そう言いながらドルヒドたちは迷宮の入り口へと向かっていった。

あいつらは第二陣だったのか。

……それにしても、痛い目を見る、か。何を企《たくら》んでいるのやら。

「君はつくづく敵を作るのがうまいんだね……」

また話しかけられた。

そこにいたのはやや童顔の茶髪の少年。こいつは――

「……誰だ？」

「僕のことも覚えてないの!?　ロルフだよ！　ロルフ・バル・コルトー！　臨時魔導会議で結構話したじゃないか！」

ああ……そういえばいたな、こんなやつ。

「すまんな。俺は偉大すぎるあまり、下々《しもじも》のことを細かく覚えるのが苦手なんだ」

「謝る気ないよね？　というか貴族相手に今下々って言った？」

「細かいことを気にするな。被虐趣味の変態貴族」

「そこだけは覚えてなくていいよ！　あとそれは誤解だから！」

話しているうちに思い出した。

「お前、なぜここにいる？　魔導演武には参加しないと言っていたではないか」

俺が質問すると、ロルフは遠い目をした。

「そのはずだったんだけど……直前で不参加になった魔導士がいてね。それを聞きつけた師匠が僕をねじ込んだらしくて……」

「お前とお前の師匠はどういう関係なんだ……？」

こいつが臨時魔導会議に参加したのも師匠の代理、という経緯《けいい》だったはず。

「師匠は僕を働かせようとするんだ。魔導演武に参加して優秀な魔導士たちの活躍を間近で見れば、僕にも勤労意欲が湧いてくるかもしれないからって」

「弟子思いのいい師匠だな」

「どこが⁉　本当に弟子思いなら他にやるべきことがあるよ！　お小遣《こづか》いを毎週百万リタくれたりとか、『ごはん食べられて偉い』『朝起きられて偉い』って甘やかしたりとか！」

「クズが……」

こんな弟子を持った師匠を気の毒に思う。俺なら一日持たずに破門《はもん》しているぞ。

ロルフを放置して虚空に映る他会場の予選を眺める。

注目するべきは──大闘技場だ。


『レナード選手、独走ぉおおおおおおおおおおおおおッ！　圧倒的に速い！　強い！　幻獣騎士団〝遊撃部隊《フェニクス》〟隊長、予選から容赦なしだぁあああああああ⁉』

『さっすが魔導兵きっての天才……ってかあんなやつが参加するせいで、迷宮の難易度調整めっちゃ難しかったの思い出した！　ミスって転ばんかいボケェ‼』

『解説役が私怨《しえん》を叫ばないでくださいメイズ様！　あ、申し遅れましたが実況は自分、火魔導兵《ひまどうへい》、バルビノ・ラディ・シューティです！　解説は〔迷宮王〕メイズ・ヴィア・シュトローム様にお願いしておりますよー！』


「大闘技場のほうは凄い熱気だねえ。一か所だけ実況と解説がついてるし」

ロルフがぼやくように言う。

「解説できるのが〔迷宮王〕しかいないのだから、仕方ないのではないか?」

「それもあるだろうけど……一番は魔導士の力をアピールするためだと思うよ。その証拠に〔炎獅子〕や〔水精〕、それに〔緋剣《ひけん》〕みたいな、有名な魔導士は皆あっちにいる」

魔導演武は帝国の戦力を諸外国、あるいは内部に見せつける狙いもある。ゆえに優秀な魔導士たちの戦う姿以外は見せたくない、と上層部は思っているわけか。

やれやれ、見る目がない……

そういうことなら最も適した俺という存在がここにいるというのに。

「む、待てよ? 俺たちは番号札順に振り分けられただけではないか」

「その振り分け、多分早い番号は事前に配られていたと思うよ」

「根拠は?」

「僕は今日結構早く来たけど、もらった番号は1700台だったからね」

なるほど。

もう一つ気になることがある。

「〔緋剣〕というのは誰のことだ?」

「〔炎獅子〕の妹さんだよ。名前は確かエンジュさんだったかな?」

なんだ、エンジュのことか。

言われてみれば納得のいく二つ名だ。あいつは本気で戦う時、特異体質によって髪が黒から緋色に変わる。そこからついたんだろう。

それはいいとして……エンジュが〔炎獅子〕の妹、か。

思えば臨時魔導会議では、〔炎獅子〕が入ってきた時にエンジュが驚いていた。何か確執《かくしつ》でもあるんだろうか。


『〔炎獅子〕、ぐんぐん二位以下に差をつけていきます！　やはりこの人物に勝てる者はいないのか！　優勝候補筆頭の評判は伊達《だて》ではない！　――おっと出ました！　彼の大技、【破壊付与《アドディスト》】ぉおおおっ！　破壊属性の魔素を宿した漆黒の剣が、最深部を守るガーディアンも楽々破壊ぃいいいいいいいいーッ！』

『あんのガキ！　うちが必死に作ったゴーレムを一撃で壊すんちゃうわゴラァ！』

『迷宮の魔導ゴーレムは再生するんだからいいでしょ!?　というかアンタ、ちゃんと解説してくださいね本当に！』


映像の向こうでは、〔炎獅子〕が黒い光を宿した剣で障害物を次々と斬り払っている。

エンジュの剣技とよく似ているが――威力が明確に違う。違いすぎる。

「〔炎獅子〕は、〔剣聖〕以外で唯一、複合属性を剣に纏わせることができるそうだよ」

「何？」

俺が聞き返すと、ロルフは「聞いた話だよ」と肩をすくめた。

「あの技術は〔剣聖〕流の奥義だ。〔剣聖〕が病で表に出てこられない今だと、実戦で使えるのは彼だけ……次期〔剣聖〕は彼以外にいないって評判だ」

〔剣聖〕の死はまだ伏せられている。口を滑らせないよう気をつけつつ、俺は尋ねた。

「エンジュ――〔緋剣〕にもできないということか？」

「確かなことは言えないけど、おそらくは」

〔炎獅子〕はエンジュにもできない絶技を習得していると。

「……ふん。なかなか優秀な男のようだな」

「君はどこまでも上からだねえ……」

ロルフが呆れたように言った。

映像では〔炎獅子〕が他の選手を置き去りにして、一位でゴールにたどり着いていた。


『〔炎獅子〕ゴォオオオオールッ！　結果は――四分二十四秒三八ッ！　メイズ様、いかがですかこの記録は⁉』

『想定しとるわけないやろ⁉　うちの予想では最速でも三十分はかかる予定やったっちゅーねん！　うちの可愛い作品のお披露目《ひろめ》が台無しやぁ……！　うぉおおおん！』

『泣い……ッ⁉　ちょっ、解説は⁉　……あー、とにかく、〔炎獅子〕の異名に恥じない圧倒的実力を見せつけましたレナード選手ッ！　本戦出場は確実でしょう！』


何やら実況と解説が騒がしいが、それだけの結果だったということだろう。

〔炎獅子〕か……なかなか面白くなってきたではないか。

さて、その後も他の会場の予選風景を見ながら時間を潰す。

そしてついにその時は来た。

「番号札1701以降の方は前へ！」

スタッフが声を張り上げる。

「ようやく出番のようだな。世界が待ちかねた真打《しんう》ちが登場する時だ」

「なんで君は平然としてるの？　……あっ緊張してきた。帰りたい。帰ります」

「黙って進め」

迷宮の入り口の前に立つ。

「それでは――始め！」

俺は迷宮の中へと足を踏み入れた。


予選が行われるフィールドは、まさに〝地下迷宮〟という雰囲気だった。

薄暗く視界が悪いため、魔獣やら魔導ゴーレムやらの不意打ちに注意する必要があるだろう。

「暗いんだけど……はっ！　今あっちのほうで変な影が動かなかった⁉」

「お前は落ち着け」

ロルフは俺の服を掴んで、後ろに隠れようとしている。

動きにくいことこの上ない。

「どけ！」

「早く先に行かないと……予選落ちなんて冗談じゃないぞ⁉」

「急げ急げえええ！」

参加者たちが慌《あわ》ただしく迷宮の奥へと駆けていく。

……あいつらは予選で落ちる気がするな。この迷宮で最初に行うべき行動は無暗《むやみ》に進むことではなく、周囲の状況を把握することだろうに。

「【探知《ソナー》】」

周囲の魔力反応を探る。これで魔獣やら魔導ゴーレム、さらにトラップもある程度は見つけ出すことができるだろう。

そして俺は――眉をひそめた。

魔力反応が多すぎるのだ。二十近くもの反応が近くにあり、しかもこちらに近づいてきている。

「――よう、平民。やっと来たか」

ぞろぞろと現れたのは二十人弱の男たち。

その先頭には先日俺が叩きのめした魔導兵、ドルヒドとレイナットの姿がある。

「ま、魔導兵……⁉　こんな数がどうしてここにいるんだ⁉」

後ろでロルフが仰天《ぎょうてん》している。

大体の予想はつく。俺は確認するように尋ねた。

「お前たち、ゴールせずにここに残ったのか？」

「ゴールした後に引き返してきたんだ。別に最深部に到達した後、迷宮にいちゃいけないなんてルールはなかっただろう？」

どうやらこの連中、俺に報復するために、わざわざ運営の目を盗んで戻ってきたらしい。場所がここなのは、俺を脱落させて嫌がらせするためだろう。

俺の後ろに隠れるロルフが叫んだ。

「こ、こんなことしてタダで済むと思うのか!? 待ち伏せだなんて――」

「おいおい少年、このレースは妨害《ぼうがい》は禁止されてないぞ？ それにこの会場の迷宮は中継されていない。内部の様子を確認するための魔導具はあるが、このあたりが死角になるのも確認済みだ。ここでのことは誰にも伝わらない」

「なっ……!?」

ロルフは周囲を慌てて確認し、愕然としていた。

どうやら本当にここには監視魔導具はないらしい。

ドルヒドたちは先に迷宮に入った時に、そのあたりも確認していたようだ。

「この時のために、仲間にも声をかけておいた。生意気な平民、貴様を黙らせるためだ」

「今からでも頭を下げるか？ もう無駄だがな！ はっはははははは！」

ドルヒドたちの笑い声につられて、後ろに控《ひか》える仲間もげらげらと笑う。

……やれやれ。

「――邪魔だ、有象無象《うぞうむぞう》。俺の前を塞ぐなら、それなりの覚悟はできているんだろうな？」

俺のその言葉で、ドルヒドたちは俺に戦う意思があると悟《さと》ったようだ。

しかしなおもニヤニヤと笑っている。

焦《あせ》ったようにロルフが後ろから俺の腕を引く。

「待った、ウィズ・オーリア！　君は彼らの腕章《わんしょう》に気付かないのか⁉」

「腕章……？」

そういえばドルヒドとレイナット、他数人の左腕には腕章がつけられている。

「腕章つきの軍服は尉官《いかん》の証だ！　あの二人は雑兵《ぞうひょう》とは違う！　指揮官クラスの強さを持ってるんだよ！　魔導兵の尉官は無詠唱を平気で使うって話もあるほどだ！」

「ほぉ～？　詳しいじゃないか、少年」

「そうだ。俺とレイナットは少尉《しょうい》、さらに准尉《じゅんい》が何人かいる。貴様がどれほど絶望的な状況にいるかわかったか、平民？」

ドルヒドとレイナットが代わる代わる愉快そうに告げる。

そういえばレイナットのほうは、【石槍《ストーンスピア》】を無詠唱で使っていたような気がするな。

「さて、時間がもったいない。さっさと始めるか……ああ、少年は先に進むといい。我々の狙いはその無礼な平民だけなのだから」

「…………あー、えっと、そういうことなら遠慮なく行かせてもらおっかなー……」

レイナットが言うと、ロルフは数秒止まって――

それから俺の隣に立ち、どうやらこいつの魔導増幅具《つえ》らしい魔導銃《まどうじゅう》を構えた。

「……なんて、さすがに薄情《はくじょう》すぎるよね。仕方ない、ウィズ・オーリア。僕も付き合うよよよよよ」

「……声が震えているぞ」

「当たり前だよね!?　この状況で怖くない人いないから！　……あー、なんでこんなことになったんだろう……でもなあ、この状況でウィズ・オーリア一人を置いていくのはなあ……」

どうやらロルフは俺の味方をする気のようだ。

正直意外だった。見逃してもらえるなら儲けもの、とすたこら逃げるものかと。

クズだクズだとさんざん罵《のの》ったのは訂正しないが、少しは評価を上方修正しておくか。

「喜べロルフ。お前はつく相手を間違えなかった」

「え？」

「こんな連中にかかずらっている暇はない。さっさと片付けて先を急ぐぞ」

今は魔導演武の予選の最中なのだ。時間は節約するに限る。

「はっ、現実が見えていないガキどもだ！」

「容赦はいらない。お前ら、魔導兵の恐ろしさを教え込んでやれ！」

ドルヒドたちの言葉に応じて、奥に控える魔導兵たちが一斉に魔術を発動する。

「ははははははははっ！　この狭い空間で約二十人の一斉攻撃！　対処できるならやってみろ、平民があああああ！」

ドルヒドが叫んだ直後、大量の攻撃が俺たちに殺到《さっとう》する。

雷撃の槍、氷の槌《つち》、炎の弾丸などなどだ。

「ひぃいいいいいいいい来たぁあああああああ!?」

ロルフが半泣きで悲鳴を上げる。

せっかくの機会だ、試すとするか。

ベースは【障壁《バリア》】。そこにかつて魔人族との戦いで見た〝鏡〟のイメージを重ね合わせる。

「【反転障壁《はんてんしょうへき》】」

俺がかざした手の先に、鏡のような障壁が出現した。それは向かってきた攻撃魔術を呑み込むと——

ゴバッッ!! と魔術を逆方向に反射した。

「「「はっ——?」」」

魔導兵たちは、跳ね返ってきた自らの魔術が直撃して吹き飛んだ。

全力で発動した魔術だったのだろう、誰一人として立ち上がってくる気配はない。

魔術を使わず、号令を下しただけだったドルヒドとレイナットだけが無事だ。

「な、なんだ今のは……!?」

「魔術を反射したのか!? だがそんな魔術は聞いたことがないぞ!?」

混乱したように叫ぶドルヒドたち。

一方、ロルフは呆然としながら呟いた。

「魔術を反射って……それ、魔族ジルダの能力じゃ……?」

「あいつからヒントを得て開発した魔術だからな」

「は⁉　魔族の魔術を再現したってこと⁉」

「そんなところだ」

オリジナル魔術、【反転障壁】。

これを使えば相手の攻撃を防ぐだけでなく、その攻撃を跳ね返すことができる。

実戦で使ったのは初めてだが、なかなか便利だな。

「ば、化け物がぁああ……！」

レイナットが歯軋《はぎし》りしながら呻く。

「さて、残すはお前たち二人だけだ。どうする？　頭を下げるなら温情で見逃してやるぞ？」

「調子に乗るなぁあああああああああ！」

「【雷槍《ライトニングスピア》】」

俺は手から雷撃の槍を放ち、ドルヒドたちを瞬殺した。

額《ひたい》に手を当て、陰のある表情を演出しながら言う。

「数を揃えれば勝てる――その判断が間違いだ。烏合《うごう》の衆に後《おく》れを取る天才《おれ》ではない……」

「……何言ってんのかわかんないけど、えぇー……？　あの人数の、しかも尉官を含めた魔導兵を秒殺って……本当になんなの、君」

ロルフが力なく呟いた。

なんなのと言われてもな。才能に溢れた偉大な魔導士なのは、見たらわかるだろうに。

「と、こうしてはいられん。俺は予選を一位通過すると決めているのだ」

ドルヒドたちとの会話と戦闘で三分近くも浪費《ろうひ》している。急がねば。

【探知《ソナー》】を使って迷宮内の魔力分布を把握《はあく》する。

……よし、これなら問題ないな。

「急ぐって言っても、もう無理じゃない？　先頭集団はだいぶ先に行ってると思うけど」

「抜かせばいいだけのことだ。幸《さいわ》いにも、俺たちの真下には誰もいないようだからな」

「……ん？　真下？　――ってまさか！」

「迷宮の床を破壊して最下層に直行する」

迷宮の破壊は禁止されていなかったはずだから、ルール上問題はないはずだ。

魔素合成によって破壊属性の魔素を作りつつ、使う魔術を考える。

ロルフは慌てたように言った。

「迷宮を破壊なんて無茶だ！　〔迷宮王〕が言ってたじゃないか！　相当頑丈に作ったって！　壊せっこないよ！」

「くだらん常識にとらわれるな。俺なら壊せる。なぜなら俺は特別だからだ」

「話が通じない!?　だから、そんなことができるわけ――」

「【破壊衝撃《ディストインパクト》】」

ドウッッ!!

俺が発動した破壊属性の魔術により、床が粉砕され穴が開いた。

俺たちは、その穴から二層へ飛び降りる。

「は？　ちょっ……ええええええええええええ!?　本当に迷宮の床壊したこの人！」

「【破壊衝撃《ディストインパクト》】は破壊属性の魔素を凝縮《ぎょうしゅく》し、一気に解放する魔術だ。その威力は破壊属性魔術の中でも最上位に位置する。どれだけ頑丈に迷宮を作ったところで意味はない」

余談だが、頭上ではすでに破壊した一層の床が再生しつつある。迷宮には基本的に自己修復機能が備わっていると聞くが……この地下迷宮の再生速度はかなりのものだ。

これなら俺が穴をいくら開けても、他の参加者が再利用することはできまい。

それから同じことを続けて三度繰り返し、俺たちは最下層である地下五層へと到達した。

「ぶべっ!?」

俺と一緒に落ちてきたロルフが情けなく転がる。

【浮遊《レビテーション》】は使っていたようだが、タイミングが遅く衝撃を殺しきれなかったらしい。間抜けめ。

地下五層には巨大な番人が待っていた。

『ウォオオオオオオオオオオオオオオオオオオオオオオオオオオオオオッッ!!』

魔導ゴーレムか。

こいつを突破しなくてはゴールにたどり着けない。

ルール上、迷宮内の敵を倒す必要はない。脇《わき》をすり抜けるのが基本的なクリア方法だろうが、俺はそうしなかった。手を水平に払う。

「頭が高いぞ、番兵《ばんぺい》。【水断《アクアスラッシュ》】」

キンッ――

『オォ……オオッ……？』

魔導ゴーレムは胴を水平に切断され、その場に崩れ落ちた。

魔導ゴーレムも迷宮の床と同様、自動で修復される。予選の運営に支障はないはずだ。

「ら、ラスボスが一撃……」

「さっさと行くぞ」

戦々恐々《せんせんきょうきょう》とするロルフを連れて俺は悠然と先に進み、アーチ状の門をくぐる。

地下迷宮、クリアだ。門をくぐった先には運営スタッフが待っている。

スタッフの青年は呆然とした顔で告げた。

「せ、１７２０番……記録――三分二十七秒……⁉」

「そうか」

「これはとんでもない記録ですよ⁉　あの〔炎獅子〕でさえ四分以上かかったのに！」

「俺は一分を切るつもりだったんだがな」

まったく、こんな中途半端な結果に終わるとは想定外だ。

俺が言うと、運営スタッフは言葉を失っていた。

◇　◇　◇

「……暇だな」

魔導演武の予選が行われた数時間後、俺は第一臨時街で見張りの任についていた。

まだラビリスが現れる気配はない。さっさと現れてくれれば、すぐに倒して魔導演武に集中できるんだが……まあ、気長に待つしかないだろう。

俺は【探知《ソナー》】で警戒を続けつつ、【保存《メモリー》】によって記録しておいた写真を展開した。

予選の順位表だ。

一位は当然ながら俺、二位は俺にくっついてきていたロルフ、三位は〔炎獅子〕、四位は〔水精〕。

そこから十位までは全員が魔導兵だった。

偏《かたよ》った結果になったものだ。

エリートだという幻獣騎士団から参加しているのは〔炎獅子〕と〔水精〕の二人のみ。それでも協会魔導士はほとんど上位から弾き出されている。魔導兵が協会魔導士を侮《あなど》るのもわかるな。

もう一つ気になることがある。

「まさかエンジュが上位十人にも入っていないとはな」

エンジュの順位は二十四位と、ぱっとしないものだった。

あいつは何をやっているんだ……？

いけ好かない女ではあるが、実力はそれなりのはずだ。正直に言えば俺はエンジュが三位か四位には入ってくると思っていたんだが、それが二十四位。

……

「くそ、だからなぜ俺がもやもやした気分にならねばならん……！」

平常心だ、平常心。

ちなみに学生部門に参加しているソフィとアガサも無事に予選を突破したらしい。どこまで勝ち進めるかはわからんが、どうなるか楽しみだ。

さて。そんなことを考えていると。


「よう、ウィズ・オーリア。しけたツラしてやがんなあ」


「……〔炎獅子〕？」

予想外の人物が現れた。俺に声をかけてきたのは、赤い髪を伸ばした魔導兵の男――〔炎獅子〕レナードだった。

「なんの用だ？　予選で一位通過を逃した腹いせに何かしに来たか？」

俺が聞くと、〔炎獅子〕はつまらなそうに鼻を鳴らした。

「噂通りの生意気さだな、おい……あいにく俺はそんな暇じゃねえんだよ。お前に会いに来たのは取引のためだ」

「取引？」

「いいことを教えてやる。お前、このまま行くと本戦の三回戦で負けるぜ」

「……何？」

〔炎獅子〕は嘲笑を浮かべながら続けた。

「皇帝陛下がセレス――お前には〔水精〕っつったほうがわかりやすいか？　あいつが三回戦でお前と対戦することになるよう、組み合わせ表をいじってる。確かにお前は結構やるようだが、試合の中じゃあセレスには勝てねえだろうな」

俺が〔水精〕と当たるように対戦表をいじる。

この話が本当だとすれば、皇帝がわざわざそんなことをする理由は――

「つまり、皇帝は俺に敗退してほしいわけか」

「ま、簡単に言やあそういうことだ。三回戦ってのもあえてだろうな。三回戦以降の試合はすべて大闘技場で行われるから、恥をかかせるには丁度いい。それまでに負けるようなら、それはそれでいいしな」

「皇帝の目的は？」

「貴族が平民を支配する。そのルールが脅《おびや》かされるのをビビってんだろ。お前も自覚してんじゃねえのか、ウィズ・オーリア？　貴族に好き放題されて鬱憤《うっぷん》を溜めてる平民どもにとって、お前がこれ以上ねえ神輿《みこし》だってことをよ」

「……」

俺の脳裏に、先日の臨時街での一件が思い起こされる。横暴な魔導兵を退《しりぞ》けた俺を冒険者たちは英雄と称えた。魔術を武器に好き勝手する貴族に対し、不満を持つ平民は決して少なくない。

どうやら皇帝は、俺が内乱の引き金になることを警戒しているようだ。

俺は溜め息を吐いた。

「仮にその話が本当なら、くだらんとしか言いようがないな。俺が平民を先導したところで、魔導兵やら協会魔導士やらに対抗できるわけがないだろうに」

「そう言うなよ。為政者《いせいしゃ》ってのはそういう細けえ不安をプチプチ潰すのが仕事みてえなもんだろ」

馬鹿にしたような口調で言い、肩をすくめる〈炎獅子〉。その姿からは皇帝に対する敬意などまるでなさそうに感じる。

「魔導演武で勝ち残りたいなら、今のうちにセレスへの対策を考えとくんだな」

そう締めくくる〈炎獅子〉だったが……。

「断る」

「ああ？」

「今の話を信じる理由はないし、そもそも俺はこういうせせこましいやり口は嫌いだ。対策など講じるものか」

賢者哲学その一、どんな相手も正面からねじ伏せる。

相手が小細工《こざいく》をするからといって、こちらが同じような情報の得方をしては相手と同レベルだ。対魔人族のように多くの人命が懸かった戦いならともかく、今回のようなケースで俺が信念を曲げることはない。

「話聞いてなかったのか？　お前じゃ勝てねえって言ってんだろうが」

「関係ないな。俺は俺のやり方でやる」

「……は～ぁ。面倒くせえ。もう好きにしろよ。そんで惨《みじ》めに負けてろ、馬鹿が」

苛立ったように吐き捨てる〔炎獅子〕。

「〔炎獅子〕。お前は取引と言ったが、そっちの狙いはなんだ？　なぜ俺に情報を流す？」

「あぁ……ウィズ・オーリア、お前エンジュと同じ学院で教師やってんだよな？」

「そうだな」

どうやらこの男は、皇帝の企《たくら》みを明かして、俺から何かしらの情報を得ようとしているようだ。

具体的な狙いがわからないため、慎重に頷く。

「エンジュは複合属性を使えるようになったか？」

「……は？」

質問の意図がわからず眉をひそめる俺に、〔炎獅子〕が再度尋ねる。

「いいから答えろよ」

エンジュが複合属性を使っていたかどうか。改めて思い返して――俺は目を見開いた。

ない。破壊属性のような比較的簡単なものでも、ただの一度も。

「……いや、ない」

俺が答えると、〔炎獅子〕は舌打ちした。

「あいつ、まだそんなところで足踏みしていやがるのか……」

「どういう意味だ？」

「答えねえよ、お前にゃ関係ねえからな……エンジュに言っとけ。今のお前じゃ〔剣聖〕には絶対になれねえってな」

そう言い捨てると、〈炎獅子〉は去っていった。

……なんだったんだ？

◇◇◇

同時刻、帝都を囲む外壁の上で警備の魔導士が伸びをした。

「ふぁ～ぁ……」

「こら、緊張感がないぞ。魔族が来たらどうする」

「来ても大丈夫だろ。師匠が――〈隔絶〉オーギュストが作った魔導結界があるんだから、魔族だって帝都には入れないさ」

注意された魔導士が、近くにあった結界魔導具をポンと叩いた。

彼らは〈隔絶〉一門《クラン》の魔導士たちだ。結界魔導具の故障に即座に対応できるよう、外壁の上に配置されている。今回は大仕事ということで、一門《クラン》所属の全員がこの帝都で警備に当たっていた。

「ほっほ。信用されるのは嬉しいが、油断しすぎるのはよくないのう」

「「師匠!?」」

やってきたのは彼らの師匠、〈隔絶〉オーギュストだった。

「確かに儂は魔導会議で、結界の効力は絶対と言った。しかし魔族は狡猾《こうかつ》な敵じゃ。儂らには思いつかんような手段で侵入してくるかもしれん」

「は、はい……申し訳ありません！」

「さて、そんな魔族がいつ来るかもしれん状況じゃ。お前たちにはこれを渡しておく」

オーギュストが差し出したのはペンダント型の魔導具だった。

「師匠、これは……？」

「お前たちを守る結界魔導具じゃ。身に着けるとお前たちを強力な小型結界が覆う」

「「！」」

「……じゃが、そこまで数は作れんかった。一門《クラン》の弟子に渡す分で終わりじゃ。よその者には話すでないぞ？」

「師匠、俺たちのために……ありがとうございます！」

オーギュストの弟子たちは目を潤ませて言う。敬愛する師匠が、自分たちのためにとっておきのお守りを授けてくれた。そのことが嬉しく、また誇らしかった。

「絶対にそれは外すな。よいな」

「「はい！」」

「では、儂は他の弟子にもこれを配ってくる。今後も警備に励むんじゃぞ、お前たち」

そう言ってオーギュストは去っていった。

弟子の人数分のペンダント——誰も見たことのない、不思議な魔導具を懐に忍ばせて。

第四章　〈水精〉

『——そこまで！　勝者ウィズ・オーリア!!』

魔導演武の日程は三日目まで進み、現在は本戦トーナメントの二回戦が終わったところだ。もちろん俺が勝った。こんな序盤で俺に当たるとは、対戦相手も運がない。

俺は悠然とフィールドを出て、控え室に戻る。

するとそこに張り出された対戦表が目に入った。

「結局、〈炎獅子〉の言葉は正しかったわけか」

対戦表に示される、俺の三回戦の対戦相手は、〈水精〉。

魔導兵の精鋭、幻獣騎士団を構成する〝海上部隊《リヴァイアサン》〟副隊長だ。

相手にとって不足はない。というか——願ってもない機会だ。

魔導演武の全体スケジュールは次のようになっている。

・初日　一斉予選

・二日目　本戦トーナメント一回戦

・三日目　本戦トーナメント二回戦
・四日目　本戦トーナメント三回戦、四回戦
・五日目　休息日（試合なし）
・六日目　本戦トーナメント五回戦
・七日目　本戦トーナメント準決勝、決勝

本戦の三回戦以降はすべて実況・解説付きの大闘技場で行われる。皇帝は俺をそこで負かして民衆からの評価を下げる目論見のようだが、逆に俺が勝てば大勢の前で実力を示すことができる。そうなれば昇級にぐっと近づくはずだ。

見せてくれよう、この俺が四級魔導士ごときで収まる器ではないことを——！

なんて考えていると、不意に視界が閉ざされた。

「だーれだっ」

背後から忍び寄った者に目隠しをされたようだ。

「……なんの真似だ、サーシャ」

「あれ？　なんですぐにばれたんでしょうか」

やはりサーシャだ。不思議そうに言っているが、声を出したらわかるに決まってるだろう。

「お疲れ様です、ウィズ様。三回戦進出ですねっ」

「なんだ、見ていたのか？」

「もちろんです。ウィズ様の晴れ舞台ですから、見逃すわけにはいきません」

当然と頷くサーシャ。

「応援、ありがたく受け取っておく。今後も俺の活躍を目に焼き付けておくがいい」

「はい。あ、それで一つお聞きしたいことが」

「なんだ？」

サーシャは周囲に誰もいないことを確認してから、こう尋ねてきた。

「……ウィズ様、〈剣聖〉様のことを聞いていますか？」

〈剣聖〉のこととは、つまり彼の訃報のことだろう。

「ああ。イリスと師匠から聞いた」

「私もお母様から聞きました。それで、エンジュさんの様子が気になって……魔導演武では調子を崩しているみたいですから」

エンジュは今のところ勝ち残っているものの、試合の映像を見る限り、絶不調もいいところだ。予選の時の不調はまだ続いているらしい。

「というわけでウィズ様、わたしとデートしてくれませんか？」

「……は？　デ、デート？」

急になんの話だ。話題の切り変わりが激しすぎる。

「五日目は魔導演武の試合がお休みじゃないですか。その日に、一緒に帝都を巡りましょう。それでエンジュさんが元気になるようなプレゼントを探すんです」

「ああ、そういう意味か……」

五日目は参加者の体調を考慮し、魔導演武の試合は組まれていないので時間はある。

「あ、でも、ウィズ様はお忙しいですよね。駄目ならいいんです」

慌てたようにサーシャが言った。

確かに俺は警備の仕事があるが、他の魔導士とローテーションが組まれている。五日目の日中は空いていたはずだ。もちろんその時間にラビリスが襲撃してくる可能性はあるが……非常時には、防衛部隊に配られた警報魔導具によって全員がそれを知ることができる。【疑似転移】を使えば対応することは可能だ。

「……いや、駄目というわけでもないな。もちろん、有事の時は抜けるかもしれないが」

「本当ですか？」

ぱああっ、と顔を輝かせるサーシャ。

「ああ。とはいえ、俺はエンジュに贈るプレゼント選びなど御免《ごめん》だぞ」

「楽しみです～。実はわたし、帝都に来たのって初めてなんです。色んなお店を見て回りましょうね、ウィズ様っ」

「聞いてるか？　おい……聞いてないんだろうな……」

相変わらずの押しの強さだ。というかこんなに嬉しそうにされたら断れんではないか。

まあいい。内容はどうあれ、数少ない友人と帝都を観光するのも悪くない。

楽しみにしておくとしよう。

◇　◇　◇

『レディイイイイイイイス、ェンド、ジェルトルメェエエエエエン!!　今日は魔導演武四日目、本戦の三・四回戦が行われます！　盛り上がってるかぁあああ!?』

「「「うぉおおおおおおおおおおおおおおおお————っっ!!」」」

響き渡る実況者の声に会場中の観客が大声援で答える。

「凄い熱気だな」

これが大闘技場の空気か。悪くない。注目されるのは気分がいい。

誰もが歓声を上げる中、一際目立つ一団がいる。


「ぶちのめせェエエエエ、ウィズぅうううううう！」

「そこっ、声が小さい！　腹から声を張り上げるのです！　そうしないと我が主《マイロード》には届きませんよ！」

「やっちまえええええええええええええ!!」

「そうっ！　それでいい！　我らの声援が会場で最も大きくなくてはなりません！　それでこそ敬《けい》虔《けん》な信徒《しんと》というものです！」

「ねえソフィちゃん！　なんか凄い目立ってるよ！　それに他のお客さんからの冷たい視線を感じ

る！　応援するなら普通に応援しようよ！」

……


デカンとガイルーをはじめとした冒険者たちが、俺に声援を送ってくれる。

ありがたいんだが……なんかその先頭に、見覚えのある少女が二人いる。

あれ、どう見てもソフィとアガサだよな？　デカンたちと面識はなかったはずだが……初対面で意気投合《いきとうごう》したのだろうか。

まあいい。声援は大きいに越したことはないからな。

『本日の第一試合！　まずは選手の紹介といきましょう！　――今大会の台風の目！〔炎獅子〕レナード選手を押さえ、一位で予選を通過した異端《いたん》の少年！　平民魔導士、ウィズ・オーリアァアアァアアアアアアア！』

俺は紹介に合わせ、さながら翼《つばさ》のごとく手を大きく広げ、そこから両手を体の前で交差させるように閉じる。そのすべての動作を紹介の流れに沿って行い、名前を呼ばれた瞬間と最後のポーズが完全に重なった。一瞬遅れ、広がったコートの裾《すそ》がゆっくりと落ちる。

完璧だ……

「「「うおおおおおおお！　ウィズ・オーリア！　ウィズ・オーリア！　ウィズ・オーリアぁあああああああああああ――――ッ！」」」

な、なんだ……？

大歓声が上がる。

この反応は初めてかもしれん。

『ぐぬ……ッ、魔導士として色々複雑ですが、今回くらいは公平に紹介しましょう！　彼の人気は仕方のないことかもしれません！　何しろ魔族ジルダを単身討伐したことに加え、彼はただ一人の平民魔導士。いわば平民たちにとってはヒーローそのものなのですから！』

ああ、そういうことか。

今まで貴族のいる場所でばかり戦っていたが、平民が多いと俺の扱いは大きく変わってくるわけだ。

ふはは、気分がいい。

たまにはこういう扱いもいいものだ。実況の魔導士が不本意そうなのも痛快だな。

『対するは、可憐《かれん》にして苛烈《かれつ》な水の妖精！　精鋭揃いの魔導兵の中でも、彼女に水魔術でかなう者は一人としていないでしょう！　幻獣騎士団〝海上部隊《リヴァイアサン》〟副隊長、セレス・ヴィア・リステルゥウウウウウウウウ！』

ワアアアアアアアアアアア――――‼

俺の時に負けず劣らずの大歓声が上がる。

歩いてきたのは群青《ぐんじょう》色の髪と眼鏡が特徴的な、小柄な少女――〈水精〉だ。

『本日一戦目から、素晴らしい好カードです！　しかも二人には実力者である点以外にも共通項がございます！　というわけで――ここで解説のお二人を紹介しましょう！　〈聖女〉ユグドラ様と、

〔雷帝〕クロム様です！』

『よろしゅうの。ウィズーっ、頑張るんじゃぞ！』

『……大魔導士、クロム・ユーク・グラナートである。この浮かれ阿呆に代わり、せめてまともな解説ができるよう努めよう』

師匠が解説席にいる！　〔雷帝〕と一緒だ。

あの二人は犬猿《けんえん》の仲だったはずだが……どういう経緯でこの人選になったんだ。

『この人選を不思議に思う人もいるでしょう！　ウィズ・オーリアが〔聖女〕様の弟子であることは知っている人も多いでしょうが――なんと、セレス選手は〔雷帝〕様に幼少期に魔術を教わっていたのです！　つまり今回の対戦は、大魔導士の弟子二人による戦いでもあるのです！』

〔水精〕が〔雷帝〕の弟子、か。

意外な話だ。魔導兵と協会魔導士は仲が悪いのではなかったのか？

〔水精〕が幼少の頃という話だし、当時はまだ魔導兵ではなかったのかもしれんな。

『ちなみに解説のお二人から見て、どちらが有利かなんて――』

『ウィズじゃな。こんな小うるさい爺《じじい》に鍛えられた小娘が強いわけがない』

『セレスに決まっているのである。こんな矮小な存在の教え子が儂の弟子に勝てるものか』

『……』

『……』

『――今なんか言った（である）か？』

『どうしてここで火花を散らすんですか!?　試合を行うのはあなた方ではありませんからね!?』

解説席に殺気が渦巻き始めた気がする。

師匠から聞いてはいたが、すさまじい相性の悪さだ。

あの雰囲気でまともな解説ができるんだろうか。

「ウィズ・オーリア」

〔水精〕が話しかけてきた。

「なんだ？」

「まずは感謝を。ここまで勝ち進んでくれてありがとうございます」

「いや、感謝は不要だ。俺が勝ち残るのは自然現象のようなものだからな」

りんごは地に落ち、風は吹き、俺は勝つ。当然の結果だ。

「……なるほど。話しているだけで不愉快になりますね」

〔水精〕はそう吐き捨て、続けた。

「ですが、それもここまでです。〔雷帝〕の教えを受けた私が、〔聖女〕の弟子であるあなたを徹底的に叩き潰す。そして〔聖女〕の傍若無人《ぼうじゃくぶじん》な態度を戒《いまし》める」

「お前は師匠が気に入らないのか？」

「ええ。重要な規律をエルフだから、有能だから、というだけで破るあの人物は心から嫌いですね。今すぐ帝国から出て行けばいい」

なるほどな。まあ、そういう意見もあるだろう。

「それが皇帝の指示を受け入れた理由か？」

「……知っていたのですか」

「匿名《とくめい》の情報提供があってな。まあ、そんなことはどうでもいい」

俺は肩をすくめてそう言ってから――〔水精〕を睨《にら》みつけた。

「お前は今、凶暴な虎の尾を踏んだぞ。どんな理由であれ、俺は師匠を侮辱《ぶじょく》した者には容赦しない」

俺が発した威圧的な気配に、〔水精〕が怯《ひる》んだように一歩後退する。

「……っ、やれるものなら、どうぞご自由に」

「ああ、そうさせてもらおう」

これはいわば〔雷帝〕と師匠の代理戦争。勝ったほうの教育がより優れているとみなされるだろう。勝つ理由が一つ増えたな。

『そ、そろそろ試合のルールを説明しましょう！　今回行われるのは〝照準決闘《しょうじゅんけっとう》〟！　お互いの体に四つの的――魔導具のアクセサリーをつけ、それらをすべて破壊されたほうが負けとなります！』

魔導演武では観客を飽きさせないため、対戦方法にも趣向《しゅこう》を凝《こ》らす。本戦では二日ごとに対戦方法が変更になるため、今回のルールで試合が行われるのは今日が初めてだ。

「これをおつけください」

「ああ」

審判《しんぱん》からアクセサリーを渡される。

ガラスのような玉が付いたチョーカー、左右の腕輪、そしてブローチだ。

腕輪は銀色、か……実にわかっている……

「……ククッ、これで準備は完了……あとは……」

俺がアクセサリーを身に着けると、審判は何やらゴニョゴニョ言いながらにやりと笑っていた。

「？　このアクセサリーがどうかしたか？」

「い、いいえ。なんでもありません」

聞き返しても審判は首を横に振るばかり。

……この審判、見覚えがあるような気がするな。どこかですれ違ったか？

いや、今は余計なことを気にするべきではない。試合に集中するとしよう。

『両選手が身に着けるアクセサリーはごくわずかな防護魔術によって守られていますが、攻撃魔術の直撃を受ければ簡単に砕けてしまうでしょう！　今回の戦いでは、相手のアクセサリーを狙って魔術を撃つ正確さが求められます！』

実況席からの説明を聞きながら、俺と〔水精〕は試合の開始位置につく。

「それでは、本戦三回戦、第一試合――はじめッッ!!」

審判の声を合図《あいず》に試合が始まった。

「【水鞭《アクアウィップ》】」

〔水精〕が無詠唱で水の鞭《むち》を作り出し振るってきた。

——速い！

「【障壁《バリア》】！」

俺は即座に障壁を張って対応するが、直後に、バリンッ！　という音が響く。

俺の障壁魔術が水の鞭によって破壊されたのだ。咄嗟に浮遊魔術で宙に逃れる俺を、新たに放たれた水の散弾が追撃してくる。

「【雷光《ライトニング》】！」

水の弾丸を雷撃で迎撃するも、押し負ける。やむなく俺は【飛行《フライ》】を使い、空中を移動して弾幕から逃れた。

「ちょこまかと……」

「ふっ、俺をそう簡単に捉えられると思わんことだな」

しかし……驚いた。俺の【障壁《バリア》】を破り、【雷光《ライトニング》】を突破してのける。そんな水魔術を使える人間がこの国に存在したとは。

『早速セレス選手の水魔術が炸裂《さくれつ》ぅううう！　やはり〔水精〕の二つ名は伊達ではありません！　魔導兵の中で――いや帝国の中で、彼女以上に水魔術に特化した魔導士は存在しません！〔雷帝〕様、いかがですか!?』

『ふん、あのくらいは当然である。セレスは水属性の扱いが最も得意だった。ゆえに、水以外の属性はすべて捨てさせた。だからこそ、あやつの水魔術は他の追随《ついずい》を許さん』

『それが〔雷帝〕様の教えということですか？』

『そうだ。扱う属性など一つでいい。その一つを極めれば、絶対的な武器となる』

実況に水を向けられ〔雷帝〕が語る。

〔雷帝〕の強さの真髄《しんずい》は、雷魔術のみに特化したことで得られた圧倒的な練度だと聞く。その教えを受けた〔水精〕も同じということか。

「ウィズ・オーリア。噂によると、あなたは全属性の適性があるそうですね」

〔水精〕が話しかけてきた。

「そうだな。ゆえに理論上、俺に使えない魔術はない」

「素晴らしい素質です。ですが、だからこそ私には勝てません。鍛錬を分散させた中途半端な魔導士では、磨き上げた私の水魔術に及ばない」

「随分な自信だな」

面白い。では見せてやろう、すべての属性を扱えることの最大のメリットを。

「〔水精〕よ、お前の水魔術は素晴らしい。俺ですら一属性のみではお前にかなわん可能性がある。だが、それなら複合属性を使えばいいだけのことだ」

「……」

「雷魔術では威力が足りないなら、さらに攻撃力の高い属性を作り出すまでのこと」

火と雷属性の魔素を混ぜ合わせる。

「【破壊球《ディスト》】――」

パリン。

俺の左手首でガラスが割れるような音がして、俺はそれを見た。

「……は？」

「……？」

左手首に嵌めた腕輪の玉が割れている。正面にいる〈水精〉も怪訝そうな顔だ。

待て。どうなってる。

「ウィズ・オーリア！　標的破損ー！」

すかさず審判が叫ぶ。

『おおーっと、ウィズ選手のアクセサリーが破損！　どうやら先ほどの一連の攻防の中でヒビが入っていたようです！　セレス選手のすさまじい弾幕を防ぎきれなかったということでしょう！』

実況が騒ぎ立てる。

いや、それは違う。俺は〈水精〉の魔術など一発も食らっていない。

そんなことがあれば、その瞬間にわかったはずだ。

「……くくっ、ひひひ」

審判が押し殺したような笑い声を漏らす……どうも嫌な予感がしてきたな。

『待て、今の判定はおかしいぞ！　ウィズは一発も魔術を食らっとらんかったはずじゃ！　魔導具の不具合に決まっとる！　審判、確認せよ！』

『見苦しいのである、ユグドラ。今の判定のどこが不当だというのだ？』

『明らかにタイミングがおかしいじゃろうが！　もしやお主が魔導具に不正でもしたのか!?』

『……そこまで言うなら、いいだろう。審判、確認してやるがいい』

師匠の要求を〔雷帝〕が呑み、試合を一時中断して俺の魔導具を審判が確認することになった。

「魔導具を確認する」

「ああ。頼む」

審判は破損した俺の魔導具を確認し――

「……問題なし！　このまま試合を続行する！」

……なんだと⁉

俺は審判に詰め寄った。

「もう一度確認しろ！　この魔導具がまともなわけがない！」

「わからないのかぁ～？　この顔、見覚えがあるだろう？」

「どういう意味――」

言いかけて理解した。

髪形をいじって変装しているが、こいつは確かレイナットとかいう名前の魔導兵だ。

審判の男――レイナットはニヤニヤと笑いながら言う。

「お前の魔導具は俺が用意した特別製だ。せっかくだから教えてやろう。そのアクセサリーは、〝複合属性の魔素を使うこと〟に反応して壊れるように改造してある」

さっき【破壊球《ディストボール》】を撃とうとしただけで腕輪の玉が壊れたのは、それが理由か。

「この試合で使われる魔導具は、俺の知り合いが作ったものだ。細工をするのも簡単だったよ」

「なぜそんな真似《まね》を、とは聞くだけ無駄か」

「フン、俺が失格になったのに貴様だけが魔導演武で注目を浴びるなど許されん！」

この男は俺を襲ったことが運営にばれ、相方のドルヒドや手下ともども予選落ちしている。それを逆恨みしてわざわざこんな仕掛けを用意したらしい。

大方審判を務めているのもそのためだろう。わざわざご苦労なことだな。

玉が壊れる条件が、〝魔術の発動〟ではなく〝複合属性の魔素を扱うこと〟なのは……おそらく、すぐに俺が失格になっては面白くないからとか、そんな理由だろう。

審判のこいつが仕掛け人である以上、俺がアクセサリーの異常を訴《うった》えても無駄。

となると俺は魔素合成を行わずに、〔水精〕と戦わねばならんわけか。

おそらくは水魔術であれば魔導兵の中で――いや、帝国で最も強い魔導士相手に。

やれやれ。

「――愚か者め。この程度で俺をどうこうできると思ったのか？」

「ま、負け惜しみを……！」

「もういい、時間の無駄だ。さっさとフィールドの端に戻れ、審判」

「は、ははは。いいだろう。存分に恥をかけばいい！」

レイナットは審判の定位置へと戻った。

「それでは試合を再開する！」

レイナットの声を合図に試合が再開される。

「【水撃砲《アクアカノン》】」

「【障壁《バリア》】」

〔水精〕の放った水の砲撃に対し、俺は前方に十枚の障壁を張って備えた。

ドガガガガッッ!! という音とともに障壁を割って進んでくる高圧水流。

だが、最後の一枚を破ることができず、砲撃は俺のもとまで届かない。

『試合再開早々、すさまじい魔術です! ウィズ選手、セレス選手必殺の【水撃砲《アクアカノン》】を十枚の障壁でかろうじて防いだあああああ――ッ!』

実況はそう叫んだのちに解説席へと質問を投げる。

『……素朴な疑問ですが、手元のデータによれば、ウィズ選手の魔素干渉力はセレス選手よりも相当高いはず。しかし試合では、セレス選手が終始ウィズ選手を圧倒しているような……〔聖女〕様、これは一体?』

『…………まあ、簡単に言えば魔術の発動速度の差じゃな』

『発動速度?』

『魔素干渉力とはすなわち、大気から魔素を集める能力。大きな魔術を使おうと思えば、それだけ大量の魔素を手元に引き寄せる必要がある。ウィズとあのセレスという娘では、その速度に大きな差があるようじゃ』

『つまり、セレス選手はウィズ選手が魔素を集めきる前に攻撃していると?』

『そういうことじゃな』

さすが師匠、実にわかりやすい解説だ。

師匠の言う通り、俺が防戦一方なのは〔水精〕の魔術構築が速すぎるからだ。おまけに〔水精〕は俺に大量の魔素を集める暇を与えないよう、発動の速いシンプルな魔術ばかり使っている。これでは魔術の威力でかなわなくて当然だ。

まあ、やりようはあるが。

「右手に雷、左手に土——」

俺は左右の手で同時に単属性の魔素を操る。

「【土造形《ランドフォーム》・パペット】」

甲冑《かっちゅう》騎士を模した人形を作る。

「さらに、【雷円球《サンダースフィア》】」

人形を、暴れ回る雷撃の球体で覆う。

「……なんのつもりですか？　自分の魔術で作り出したものを攻撃するなんて」

「すぐにわかる」

俺が答えた直後、球体は消失し——そこには雷属性の魔素を纏った騎士人形が残っていた。

『——アアア』

「混合《こんごう》魔術《まじゅつ》、【雷鳴騎士《らいめいきし》】……さあ、暴れてこい！」

火花を散らしながら、騎士人形が〔水精〕へと向かっていく。

「これがなんだと言うのですか。【水断《アクアスラッシュ》】」

『アアアアアアアアアアアアア！』

ガギンッ！

「……なっ」

騎士人形は、片手に持った剣の一振りで〔水精〕の魔術を弾き飛ばした。

『なんだあれはァ――――!?　ウィズ選手が作り上げた騎士人形が、セレス選手の超強力な【水断《アクアスラッシュ》】を完全防御ぉおおおお！　〔聖女〕様、あれは一体!?』

『うむ、あれは――妾もわからん！』

『えええ!?』

『どうやらウィズのやつ、また面白い魔術を開発したようじゃのう。ふふふ、本当に予想の範囲に収まらん弟子じゃ』

『――』

「【水散弾《アクアショット》】！」

「……ッ、なんて頑丈な！　ウィズ・オーリア！　これは一体なんなのですか!?」

〔水精〕が騎士人形から逃げ回りながら言う。

いいだろう、教えてやろうではないか。

「それは俺が〝混合魔術〟で生み出した特殊な人形だ」

「混合、魔術……？」

「魔素合成の魔術版のようなものだ。魔術同士を組み合わせて強化する、とでも言えばいいか」

混合魔術は複数の魔術を掛け合わせて威力を上げる技術だ。

その特徴は、魔素合成と違い、完成した魔術同士を組み合わせることにある。

これによって既存の魔術の形を保ったまま、さらなる強化が可能となるのだ。

「魔術を合成!?　馬鹿な！　そんな技術は聞いたこと――」

「そうだろうな。これを作ったのは俺だ」

「あ、新しい魔術の形式を確立したというのですか？」

「そうだ。それがどうかしたか？」

「――」

〔水精〕は絶句していた。

フッ……ようやく俺の恐ろしさに気付いたか。

ちなみにこの混合魔術だが、実は学院から追放された頃に考えていたものだ。魔素合成を使わなくても強力な魔術を使えるこの技術は、いわば禁止されていても使える奥の手。ゴードンたちのおかげで階級が上がったために使うことはなかったが、今回のようなケースにはもってこいだ。

では、仕上げと行くか。

俺は飛行魔術で空中に移動し、魔術構築を行う。

「【滝壺《ウォーターフォール》】＋【岩撃砲《ロックカノン》】――【土石濁流《どせきだくりゅう》】」

降り注ぐ膨大な水流が岩石を含み、激しい土石流と化す。

「【土石濁流】＋【凍結《フリーズ》】――【大雪雪崩《たいせつなだれ》】」

土石流は水属性の魔術を帯びて大質量の雪崩へと変化する。

『あれは……雪崩⁉　とんでもない規模です！　会場には結界が何重にも張られていますが――だ、大丈夫なのかこれはァアア⁉』

実況の声が響き渡る。

丁度そのタイミングで騎士人形を倒した〔水精〕が、俺の作り出した雪崩を見上げて唖然とした。

「――っ、まさか、あの騎士人形は単なる時間稼《かせ》ぎ……⁉」

正解だ。騎士人形だけで倒せるほど甘い相手ではないと判断したからな。

「さて。〔水精〕よ、楽しい勝負だったぞ。この俺の喉元《のどもと》に手をかけたこと、誇るがいい」

「ぐ……ッ、まだ、まだ私は」

「さらばだ、水魔術を極めし者。機会があればまたやり合いたいものだな」

手を真下に下ろす。

俺が押さえていた雪崩が重力に従って流れ落ち、〔水精〕を呑み込んだ。

水魔術で防御していたから問題はあるまい。

「ちょっ、これ、俺のところにもげぼぉオオオオオオオオオオ⁉」

ついでにレイナットも雪崩に巻き込まれたが、特に気にする必要もないだろう。

『雪崩を落としたァアアアアアアアアアア⁉　容赦ねえええ！　し、しかしこれは……どうなるんだ⁉　試合はアクセサリーの破壊、あるいは選手が気絶したり、場外に出たりすると勝負が決まりますが――』

実況が叫ぶのと同時に、膨大な雪の塊に穴を開けて〔水精〕がよろよろと這い出してきた。

水魔術で雪崩を溶かして上がってきたか。

しかし〔水精〕のアクセサリーは雪崩にぶつかった衝撃ですべて破壊されている。

「……私の、負けです」

〔水精〕はそう呟く。

『け――決着！　セレス選手のアクセサリーは全て破壊されました！　ウィズ選手の勝利です‼

これは……両選手、すさまじい試合を見せてくれましたああああ！』

実況の締めくくりの言葉とともに、観客席からは割れんばかりの拍手が送られたのだった。

◇　◇　◇

「期待外れだ、〔水精〕。そなたは命じられた内容を理解していなかったとみえる」

「……申し訳ございません、皇帝陛下」

魔導演武の本戦で、ウィズに敗れたその日の夜。

皇帝の御前《ごぜん》で、セレスは項垂《うなだ》れた。

「余は言ったな？　あの平民を調子づかせるわけにはいかないと。そなたが負けた直後の観客席の様子を見たか？　平民の観客を中心に、尋常ではない盛り上がりを見せていた」

セレスがウィズに負けた直後の大闘技場の盛り上がりは凄かった。

冒険者らしい一団が野太い歓声を上げ、熱狂に拍車《はくしゃ》をかけていた。

セレスが見てきた魔導演武の中で、最も大きな歓声が上がっていたと断言できる。

「ウィズ・オーリアには人望がある。平民たちからの、薄汚い期待のこもった人望だ。やつの存在がきっかけとなり、大規模な内乱が起こるかもしれぬ」

「……はい」

「そうさせないために、そなたをぶつけたというのに……敗北しては逆効果だ。ゆえに〔水精〕、そなたには暇を出す」

セレスは顔を下げたまま、息を止めた。暇を出すというのは、つまり……

「そなたは余の軍にもう必要ない。消えろ、役立たずめ」

魔導兵であるセレスにとって皇帝の言葉は神の言葉に等しく、逆らうことは許されない。

「承知……いたしました」

セレスはそう言うしかなかった。


「……これからどうすればいいのでしょうか」

セレスは帝城を出た後、帝都を当てもなくさまよっていた。

魔導兵としての生き方しか知らないセレスは、途方に暮れていた。

「ウィズ・オーリアは魔導学院を退学させられたそうですが……こんな気分だったのでしょうか」

あの少年は自分同様、一度すべてを失っているはずだ。

ウィズ・オーリア。自分を負かした平民の魔導士。

セレスは最初、ウィズのことを才能に寄り掛かった小物だと思っていた。全魔導士の中で最高の魔素干渉力を持ち、全属性を操れる。どうせ魔族ジルダもその才能に頼って倒したのだろうと。

だが――違った。

彼の本当の強さはもっと別のものだ。

彼は強くあることに対して貪欲《どんよく》なのだ。普通ならあれだけの才能があれば、努力なんてしないだろう。しかし彼は混合魔術などという未知の技術を開発していた。

対して自分は幼少期に言われた通り、同じような訓練を毎日続けただけ。

停滞《ていたい》に甘んじていた自分と、進化を求めたウィズ。それが勝敗を分けた。

「……？　騒がしいですね」

セレスが通りかかった酒場は、他の店よりもさらに盛り上がっているようだった。

何気なく窓から中を覗《のぞ》くと――

『それじゃあ、我ら平民の期待の星……ウィズの勝利に乾杯《かんぱい》！』

『『『乾杯ッッ！』』』

『ふはははは！　いいぞお前たち！　もっと称えろ！　この俺の神話が帝国に刻まれた、記念すべき今日という日を祝うのだ!!』

セレスは目を見開いた。

そこではウィズ・オーリアが平民たちに交ざって宴会を開いていたのだ。

……何を話しているのだろうか。

セレスは思わず、酒場の外に立ち、中での会話に聞き入った。

◇　◇　◇

「「「乾杯ッッ！」」」

デカン、ガイルーといった冒険者たちに囲まれて、俺たちはジョッキをぶつけ合った。

場所は帝都内の酒場だ。今日の試合が終わった後、俺は観客席にいた冒険者たちに引っ張られてこの酒場で宴会の中心となっていた。

「我が主《マイロード》、本日の勝利も誠におめでとうございます！　三回戦に続いて四回戦も圧勝での突破……！　まあ、我が主《マイロード》が負けるはずもありませんが！」

「そうですね……まさか〔水精〕様に勝ってしまうなんて。オーリア先生って、本当に凄い方なんですね」

この場にはソフィとアガサの姿もある。観客席でデカンたちと知り合い、仲よくなったらしい。

一緒に俺の応援をしてくれていたくらいだからな。

ちなみにここにいる中で、俺とアガサだけは酒を飲んでいない。俺はこの後また警備の仕事があるし、アガサはソフィが酔っ払った時のフォロー役だからだそうだ。なお、飲酒の解禁は十歳からなのでソフィが酒を飲んでも問題はない。

「それにしても……ああ、なんていい日だ！」

「違いない。あのいけ好かない魔導兵のエリートを、大勢の前でこてんぱんにしてくれたんだからよぉ！　ウィズには感謝してもしきれねえぜ！」

酔いの回った冒険者たちがそんな声を上げる。

先日の第一臨時街のこともあるし、冒険者たちは魔導兵に随分恨みを持っているようだ。

「特に〔水精〕とかいうガキ……あんな澄《す》ましたツラしたやつが俺は一番嫌いなんだ！　ちょっと魔術が使えるからって威張《いば》りやがって！」

俺は口を挟んだ。

「――それは違うな」

「違う？　何が違うんだよ、ウィズ」

「〔水精〕の魔術は〝ちょっと使える〟というレベルではない。色々と制限のある戦いだったとはいえ、この俺が多少なりとも苦戦したんだぞ？　そんな相手は滅多にいない」

魔素合成が封じられたとはいえ、相手がレイナットやドルヒド程度であれば一瞬でけりがついただろう。

〔水精〕は強い。

そしてその強さは〝努力〟によって得られたものだ。

魔術が少し使えれば、平民相手に威張り散らすには十分だ。ゆえに魔導士は努力などしたがらない。だが〔水精〕は違う。あれほどの水魔術を使えるからには、相当な修業を積んだはずだ。

「俺は〔水精〕の努力に敬意を表する。やつはそこらの魔導士とは違う」

「……」

「ただ魔導士というだけで、憎む必要があるのか？　では、魔導士である俺もお前たちにとって恨みの対象か？」

「そんなわけねえ！　ウィズは……お前は、俺たちにとって英雄だ!!」

俺の問いかけに、デカンは大きな声で答えた。

「では、〔水精〕のことも偏見なしで考えるべきだとは思わんか？」

俺が言うと、冒険者は黙り込み、それからがばっと顔を上げた。

「……すまねえ、俺が間違っていた！　そうだよな。ウィズみたいなやつもいるんだ。魔導兵の中にもすげえやつはいるんだよな！」

「わかればいい。そう、〔水精〕は素晴らしい魔導士だ。そしてそんな〔水精〕を下した俺は、やはり最強だ！　さあ、俺を称えろ者ども！」

「「うおおおおっ！　ウィズ万歳！　ウィズ万歳！　ウィズ万歳――――ッ！」」

冒険者たちの割れんばかりの大喝采《だいかっさい》。

「ああ……！　我が主《マイロード》は最高です！　敗者に対してのその心遣い！　実力だけでなく心根にも欠点が見当たりません！」

「う、うわぁ、なんかもう本当に新興宗教みたいになってきてる……」

ソフィの感動の声とアガサのやや引いた声も聞こえる中、宴は続くのだった。

◇　◇　◇

「……」

セレスはその馬鹿騒ぎを店の外から聞いていた。

――努力に敬意を表する。

――〔水精〕は素晴らしい魔導士だ。

「……そんなことを、言われるなんて」

セレスは、敗北した自分がウィズ・オーリアに馬鹿にされていると思っていた。

しかしそんなことはなかった。ウィズは自分が重ねた努力を尊重してくれた。

そんな人は今までいただろうか？

皇帝は結果がすべてと、失敗した自分をあっさり捨てたというのに。

「……っ」

自分の努力を認めてくれる人間がいる。けれどそれは、自分を今の状況に追いやった張本人で。

セレスは涙を流した。

それが惨めさから来るものか、嬉しさから来るものか、彼女にはわからなかった。

第五章　帝都観光

魔導演武五日目は、選手がコンディションを整えるための休日となっている。

そんな日に俺は帝都の噴水広場《ふんすいひろば》にいた。

ここでサーシャと待ち合わせをしているのだ。

二日前にサーシャに誘われて、俺は調子を崩しているエンジュを元気づけるためのプレゼントを用意するため、サーシャと二人で帝都を回ることになった。

正直不本意だがな……なぜ俺がエンジュへの贈り物を選ばねばならん……

臨時街の警備だが、日中は俺の持ち場を他の魔導士が担当しているため、自由時間となっている。

もちろん何かあれば即【疑似転移】で現場に向かうが、そうならないことを祈るばかりだ。

「おはようございます、ウィズ様！　すみません、お待たせしてしまって」

「気にするな。俺もさっき来たばかりだ」

サーシャが駆け寄ってきた。

その服装を見て目を瞬《しばた》かせる俺に、サーシャがきょとんとして首を傾げる。

「あの……服、変ですか？」

「いや、普段と印象が違うから驚いただけだ」

「確かに、こういう色はあんまり着ませんね、わたし」

「ああ。大人びて見える。そういう格好もよく似合っていると思うぞ」

サーシャの今日の服装は、普段のふわふわした少女らしいものとは違い、やや重めの色で上品なデザインのものだ。大都会の帝都だからということで、気合いを入れているんだろうか。

「……」

「何を驚いてるんだ」

「いえ、その……えへへへへへ」

「なぜ笑う……？」

「嬉しくて。わたし、ウィズ様にそう思ってほしくてこの服を用意したんです」

そう思ってほしくて？

……ああ、大人っぽく思われたかったということか。

気持ちはわかるぞ。俺のようなクールでスタイリッシュな男と並んで歩くのだから、多少背伸びがしたくなるのも無理はない。別に俺はどんな格好でも気にしないがな。

「さて、行くか。手を貸せ。はぐれたら厄介《やっかい》だ」

「はいっ。よろしくお願いします」

差し出されたサーシャの手を取ると、ぎゅう、と握り返された。

よし、これなら人ごみでもはぐれたりはしないだろう。

俺たちはひとまず露店《ろてん》の集まる中央広場へと向かうことにした。

「♪♪♪」

……ところでサーシャが妙に上機嫌なのが不可解だ。

そんなに街歩きが楽しみだったんだろうか。


しばらく帝都内の露店やアクセサリー店を巡り、俺たちはエンジュへの贈り物を購入した。

「ウィズ様、メッセージカードをつけるサービスがあるそうですよ。わたしたちも書きましょう！」

「……エンジュへのメッセージカードを書くのか？　俺が？」

「書きましょう‼」

にっこり笑ってサーシャが詰め寄ってきた。これは頷くまで同じやり取りが続きそうだ。

「はあ……わかった」

「では、これはウィズ様の分です。黒地に銀の線が入ったカードにしておきましたよ」

「そのセンスについては評価しよう」

やれやれ、面倒な。

とはいえ引き受けたからには書くとするか。この俺から激励の言葉を受け取れるとは、エンジュはなんて幸せな人間なんだろうか。

贈り物の包みの中にメッセージカードを二人分入れる。

「エンジュに渡すのはサーシャに任せる。あいつに贈り物を手渡しなんてしたら俺は発狂しかねないからな」

「わかりました。では、わたしから渡しておきます。エンジュさん、喜んでくれるといいんですが」

「お前から受け取るなら、嫌な顔はしないと思うぞ」

なんだかんだ、サーシャはエンジュと学院でも仲よくやっているようだしな。

さて、警備の交代まではまだ時間がある。

「時間も余ったし、せっかくだから名所でも回るか？」

「はい！」

ということで帝都内を見て回ることにした。

帝都ファルシオンは観光名所がたくさんある。名物料理も山ほどあると聞く。どこから行くかな。

「あ、ウィズ・オーリアじゃないか」

そんなことを考えていると、偶然ロルフが通りかかって声をかけてきた。

両手に木箱を抱えており、中には魔導具の部品らしきものが詰まっている。

「おお、二位で予選を通過したくせに、本戦では初戦で負けたロルフではないか」

「その思い出し方には悪意があるよね？　普通に名前だけでいいよね？」

「文句の多いやつだな」

「この場合悪いのは僕じゃないと思うんだ」

ロルフは本戦の初戦で魔導兵にあっさり負けた。本当にこいつは実戦が苦手らしい。

「で、お前は何をしているんだ？」

「魔導演武で敗退したから、こうして本来の仕事をしてるんだよ。今は監視用に設置された、撮影用魔導具の調整だね」

ああ、そういえばこいつは魔導具関連の仕事のために、防衛部隊に招集されたんだったな。

なんだかんだ仕事はきっちりやっているようで何よりだ。

俺は声を潜《ひそ》めて尋ねた。

「……監視用の魔導具と言ったな。それにラビリスは映っていたのか？」

「いやー……それが全然。っていうか本当に魔族来るの？　って感じだよ」

確かに今のところ気配はない。わざわざ犯行予告をしてきたわけだから、何もないまま終わるということはないと思うが……

サーシャが聞いてくる。

「ウィズ様。この方はお友達ですか？」

「いや、違う」

「即答で否定されるとちょっと傷つくよね……あー、ロルフ・バル・コルトーです。ウィズ・オーリアと同じく防衛部隊に参加してるんだ」

「ご丁寧にありがとうございます。わたしはサーシャ・カウン《伯爵》・エイゲートといいます。よろしくお願いしますね、ロルフさん」

「……ふへへ、そっかぁ。サーシャさんかぁ」

サーシャが笑みを浮かべると、ロルフはでれっとした顔になった。こいつ……

「ところでサーシャさん、今恋人とかいるのかな？　もしいないなら――ってまさかウィズ・オーリア！　君もしかして彼女とデート中なんじゃないだろうね⁉」

「つばを飛ばすな友人未満」

「ゆ、許せないよ。僕がクソみたいな労働をしてる間に、こ、こんな可愛い子とデートぉ……⁉　はーっ！　やってらんないよ！　やっぱ社会ってゴミだわ！」

「落ち着け」

なんて見苦しい貴族だ。

「はっきり言いたまえよ、ウィズ・オーリア！　君たちは今デートをしているんじゃないのか！」

そう言われると……

「一応、デートということになっているが」

「え」

ん？　なぜサーシャが固まるんだ？

「あ、ああ、あああああああ……ッ！　結局君みたいなやつが世界の富を独占するんだな！　くっそぉっ、イケメンなんて大っ嫌いだぁああああああ！」

捨《す》て台詞《ぜりふ》を吐いてロルフは走り去っていった。無駄に元気なやつだ。

サーシャに服の袖《そで》を引かれる。

「……デートなんですか？」

「いや、お前がそういう誘い方をしただろう」

「あ……そういえば、そうでした」

本戦の二回戦が終わった後、サーシャは俺にデートしないかという誘い方をしてきたのだ。だからデートか否かと聞かれたら、それはまあデートなんだろう。

「なんだか不公平です」

「なんの話だ」

「――えいっ」

少し不満そうにしていたサーシャだったが、ここでいきなり俺の腕に抱き着いてきた。

相当着やせするタイプらしく、二の腕に柔らかいものが当たる。

恋人のいちゃつきと思われたようで、通行人の男たちから舌打ちや殺気が飛んできた。

「お、おい」

「……」

俺に身を寄せたままサーシャは無言で俺の胸に耳をくっつける。

そして俺の鼓動《こどう》のペースを確認すると、満足げに顔を離した。

「これで公平ですね！」

「……なんなんだ、一体」

「では行きましょう」

再び上機嫌になったサーシャに腕を引かれ、移動を再開する。

……くそ、サーシャの思惑通りだ。いくら俺でも年頃の男だぞ。好ましく思ってる相手に抱き着かれて、無反応でいられるわけがないだろうに。


それから帝都内を観光していた俺たちは、ある名所にやってきた。

エルゼル大聖堂《だいせいどう》。

帝都の中心部にある巨大な聖堂だ。

「綺麗ですね～」

サーシャが聖堂の天井に並ぶステンドグラスを見てそう言う。

ステンドグラスに描かれているのは、翼を生やした人間のような生き物たちの姿。

「あれって〝天翼人《てんよくじん》〟ですよね？」

「そうだろうな」

エルゼル大聖堂は宗教施設だが、崇《あが》めているのは神ではない。天翼人と呼ばれる、かつてこの地に降り立ち帝国の人々に力を与えた存在だ。それらをモチーフとする彫刻《ちょうこく》、壁画《へきが》などが聖堂内にはいくつも見られる。

荘厳《そうごん》にして静謐《せいひつ》な空間だ。美しい。

「……」

「ウィズ様、どうかしましたか？」

「フッ、なんということはない。一つ新しい魔術を思いついただけだ」

この聖堂は俺に素晴らしいインスピレーションを与えてくれた。

今思いついた魔術は、限定的ではあるが役に立つ時が来るだろう。

やれやれ、また魔術の歴史を一ページ進めてしまったか……

「そうですか～。さすがウィズ様ですねっ」

「そうだな。この瞬間に居合わせたことを生涯《しょうがい》の自慢にしても構わんぞ？」

「わーい。それじゃあお母様に後で自慢します」

イリスにか。そういえばあいつも帝都に来ているんだよな。

魔導演武の学生部門の運営に関わっているらしいから、なかなか会う機会もないが。

「ちなみにどんな魔術なんですか？」

「知りたいか？　よかろう、では簡単に説明しようではないか。まずはだな——」

その後しばらく俺は新魔術のことを語ったわけだが、サーシャはにこにこと笑いながら最後まで聞いてくれたのだった。

◇　◇　◇

「……はぁっ！」

エンジュ・ユーク・グランジェイドは剣を振るった。

場所は自らの警備担当場所である、第二臨時街のそばにある森の中だ。

剣を振るう。振るう。

しかし振れば振るほど、普段の自分から遠ざかっていくような気がした。

「――ッ！　ああ、もう！」

ガンッ！

エンジュは八つ当たりで剣を手近な木に叩きつけた。

（こんな調子じゃ、兄様には勝てない……！　このまま進めば、明後日《あさって》には戦うことになるっていうのに！）

エンジュは不調ながらも、なんとか本戦の五回戦まで駒《こま》を進めている。

しかしトーナメントの組み合わせ上、その次に当たるのはおそらく兄レナードだ。向こうが負けることはまずない。エンジュが五回戦を突破すれば、大観衆の前でレナードと戦うことになる。

猶予《ゆうよ》は休日である今日を含めてあと二日。そんな短時間のトレーニングで実力が伸びるはずもないが、エンジュには他に手が思いつかなかった。

「あれを……できれば」

エンジュは剣を取らず、手を前にかざす。

二種類の魔素を集めて分割、それらを混ぜ合わせる。魔素合成だ。作り出そうとしたのは火＋土で生まれる鋼《はがね》属性の魔素。けれど――

「――ぅぐ」

失敗する。

魔素が混ざり、魔術にならず消えていく。

「はあっ、はあっ、はあっ……！」

エンジュの額に脂汗《あぶらあせ》が滲む。

彼女の顔には珍しく、恐怖が張り付いていた。

「……やっぱり、できないか」

エンジュは諦めて、再び剣を握った。

あとはもう剣術の部分で上回るしかない。

レナードが魔導演武で優勝すれば、彼が〔剣聖〕を継ぐことに反対する声は限りなく小さくなる。

彼は本当に〔剣聖〕になってしまうだろう。それは駄目だ。認められない。

エンジュは魔導演武で、レナードに勝たなくてはならない。

エンジュはさらに鍛錬を続けた。

しかし、どうしてもエンジュには、自分がレナードに勝つ場面がイメージできないのだった。

◇　◇　◇

「……」

〝それ〟は狭い空間の中にいた。

人間より大きな体を丸め、なんとかその空間の中に入り込んでいる。

することがない。

息苦しい。

だが動くことはできない。

「…………」

まだその時ではない。その時が来れば合図があると協力者は言った。だから今は動くことができない。仕方がないことだ。

「…………」

今は耐えて、後で存分に発散すればいい。

その瞬間が楽しみだ。

とはいえ。

(…………暇だ……)

〝それ〟は声を出すこともできないため、心の中でそう強く思うのだった。

この中に入ってすでに十日以上が経過している。人間ではない〝それ〟にとってもそれなりの苦行だった。しかも〝それ〟のいる場所の外はお祭り騒ぎなのだ。

ああ、待ち遠しい。あの歓声を悲鳴に変える瞬間が。

協力者からの合図はまだだろうか？

第六章　教え子たちの戦い

『さあさあ、本日も張り切ってまいりましょう！　魔導演武も残すところあと二日となりました！最後まで存分に楽しみましょう！』

実況が声を響かせる。観客もそれに応じるように歓声を上げる。

相変わらず大闘技場はすさまじい盛り上がりだ。

『魔導演武六日目である本日は、変則的なスケジュールとなっております！　まずは一般部門の五回戦を行い、準決勝に進む選手を決定します！　そしてその後は部門を切り替え、学生部門の準決勝、決勝戦を行います！』

これまで大闘技場は一般部門の試合のみ行われていたが、今日は学生部門の試合にもここが使われる。準決勝まで残った優秀な学生たちは、大観衆の前で自らの腕を振るえるわけだ。

……その優秀な学生の中にソフィとアガサも入っているのだがな！

今日ばかりは、俺も自分の試合よりそちらのほうが楽しみだ。

『それでは第一試合――平民魔導士ウィズ・オーリア選手対雷魔導兵ザルドラ・ラディ・デルモッド選手！　両者入場です！』

俺がフィールドに立つと、さらに大きな歓声が響き渡った。

『……えー、相変わらずウィズ選手が出ると平民たちが大盛り上がりです。しかし今回の対戦相手は魔導軍きっての鬼軍曹《おにぐんそう》のザルドラ選手、簡単に勝てるとは思わないことですね！　……あ、ご紹介が遅れましたが、本日は解説席に〔死神〕ヨル・クィス《辺境伯》・シルヴェード様をお招きしております！』

『元気の出ない朝にはー……シルヴェード領産の茶葉で作ったお茶が……ぴったりですよー……今ならなんと……ひと月分無料……』

『なぜ急に宣伝を!?　ええと、ルールは四回戦と変わらず〝照準決闘〟です！　各自アクセサリーを身に着けてください！』

　審判に渡されたアクセサリーを身に着ける。

　試合開始前に複合属性の魔素を作ってみるが、玉が壊れることはない。さすがに今回は大丈夫そうだ。

　さて、今回の対戦相手の顔でも拝《おが》むとするか。

『……おや？　ザルドラ選手が来ませんね。何かトラブルでしょうか』

　困惑したような実況の声。

　確かに対戦相手の姿が見えない。一体どうしたのだろうか。

　すると審判のもとに運営スタッフが駆け寄り何事か耳打ちする。

　審判は頷き、声を張り上げた。

「ザルドラ選手、体調不良により欠場！　よって、ウィズ選手の不戦勝です！」

……不戦勝、だと？

俺が五回戦で対戦するはずだったザルドラは、例の小物魔導兵レイナットとドルヒドの上官らしい。ザルドラはレイナットの小細工を知っており、俺が〔水精〕に敗《やぶ》れると思っていた。しかし圧倒的不利な状況を覆し勝利した俺を見て、自分では勝てないと悟り、恥をかかないために不戦敗を選んだと。

ちなみに俺がなぜそれを知っているかと言うと、体調不良なら魔術で治して試合場に引きずり出そうとザルドラに直接会いに行ったからだ。まさか仮病だったうえ、俺の顔を見た途端に全力で逃げ出すとは思わなかったが……

まあ、牙《きば》の折れた相手に用はない。不完全燃焼ではあるが、仕方あるまい。

『バルド選手、猛攻《もうこう》を続けております！　対する〔緋剣〕エンジュ選手は防戦一方！　やはり本調子ではないのでしょうか！』

『そうですねー……〔剣聖〕門下は多彩な魔術付与による攻撃力が持ち味なのに……あれではそれも生かせませんねー……』

控室にいてもすることがないので、観客席に向かった。

今行われている試合にはエンジュが出場している。

見るからに苦戦しているが、相手の隙をついて徐々に押し返していた。

「──そこまで！　勝者エンジュ・ユーク・グランジェイド！」


なんとか相手のアクセサリーをすべて破壊し、エンジュが勝利する。

辛勝《しんしょう》と言ったところか。いつまであいつは不調なんだ、まったく……

そんなことを考えていると、観客席の一角から俺を呼ぶ声がした。

「我が主《マイロード》！　こちらです！」

「先生もよかったら一緒に観戦しませんか？」

「ソフィとアガサか。構わんぞ」

二人のもとに歩いていく。

その周囲には、例によってデカンたち冒険者の姿もあった。

「よう、ウィズ！　試合がなくなっちまって残念だったな」

「本当によ。俺たちはウィズの活躍を楽しみにしてたってのに……！」

「フッ、気にすることはない。明日は準決勝、さらに決勝だ。盛り上がりを明日に取っておいたと考えればいいだろう。それに……」

俺は近くにいたソフィとアガサの肩をぽんと叩いた。

「今日はこの二人の晴れ舞台だ。せっかくだからお前たちも応援してやれ」

一般部門の五回戦が終わった後、大闘技場で学生部門の準決勝、決勝が行われる。その試合に、ソフィとアガサはどちらも出場するのだ。

「ああ、もちろんだ！」

「頑張れよ、嬢ちゃんたち！」

「ふっ、言われるまでもありません。我が主《マイロード》の教えを受けし私たちが負けるはずもありませんからね」

「あ、あはは……精一杯頑張ります」

ソフィは自信満々に、アガサは控えめに決意表明をする。

ちなみに、この二人は準決勝では別ブロックだ。

この二人が準決勝を勝ち抜ければ、俺の教え子二人による決勝戦が実現することになる。

実に楽しみだ。

エンジュの試合の後、一般部門の最終試合である〔炎獅子〕の試合が行われた。

結果は当然のように〔炎獅子〕の勝利。

これで一般部門のベスト4が確定したことになる。

『やはりというか、〔炎獅子〕は勝ち抜けましたね。圧倒的な実力です』

『そうですねー……頭一つ抜けてる感じがしますねー……』

『これにて一般部門五回戦、全試合が終了しました！　明日行われる六回戦……つまり準決勝ですが、対戦カードはこのようになっております』

大闘技場の真ん中に映像が浮かび上がり、そこに組み合わせ表が映し出される。

準決勝第一試合は、俺と名門バークス伯爵家当主である人物との対戦。

第二試合が、エンジュと〔炎獅子〕の対戦。

『優勝候補の一人であった〔水精〕が脱落しているこの状況——どのような結果になるのかまだわかりません！　明日をお楽しみに！　それでは休憩に入ります！　その後は学生部門の準決勝戦が始まりますので、お見逃しなく！』

実況席からのそんな言葉により、午前の部（一般部門の試合）は終了したのだった。


昼休憩の後、学生部門の準決勝が開始する。

『それでは学生部門の準決勝、第一試合が始まります！　まずは選手入場！　大きな拍手でお迎えください！　アガサ・バル・トルマリン選手とランザス・ヴィア・リーリックス選手です！』

実況の言葉に観客たちが歓声と拍手で応じる。

……おい、アガサ。同じ側の手と足が同時に出ているが大丈夫なのか。緊張しすぎだろう、あいつ。

「失礼。あなたはもしやウィズ・オーリア殿ではありませんか？」

「ん？」

話しかけてきたのは茶髪とひげ、丸い体形が特徴的な貴族の男性だった。

とりあえず名乗るか。

俺はローブの裾を翻し、振り返りつつ男性にこう言った。

「――いかにも。俺こそが偉大なる未来の〈賢者〉、ウィズ・オーリアだ」

「え、ええと……なるほど。そうですか。ええと」

困られた。なんというかこの普通の人っぽい雰囲気、見覚えがあるな。

「……あ、もしやアガサの父か？」

「その通りです。私はエルク・バル・トルマリン。娘が世話になっております」

やはりそうか。

「アガサの試合を観戦しに来たのか？」

「そうです。それにしても、驚きました。魔導演武といえば帝国中の優秀な魔導士が集まる祭典ですよ？　それに娘が出場しているとは……」

「まあ、アガサには魔術の才能があるわけではないからな」

「……はっきり言うのですね」

複雑そうな顔でエルクが言う。

だが、別に俺は悪い意味で言っているわけではない。

「しかしアガサは努力家だ。だからこそ、この舞台までたどり着けた。その根性は魔術の才能よりよほど価値がある」

この魔導演武には、当然レガリア魔導学院から何人も参加している。

グレゴリーとの模擬戦で敵チームにいたレックスなどだな。

しかし彼らは敗退し、アガサはここまで残っている。それは決して運がよかったからではなく……アガサが努力を続け、実力を伸ばしてきたからだ。

エルクは俺の言葉を聞き、呆然とした後、笑みを浮かべた。

「……あなたのような師に巡り合えて、娘は幸せです」

「フッ、そうだな」

「あっさり肯定するのですね……と、とにかく。私は今後、魔導会議であなたの味方をします。一介の男爵に過ぎない私にできることは少ないでしょうが」

「いや、十分にありがたい。是非頼らせてくれ」

「はい！」

エルクとそんなやり取りをしていると、実況が試合内容を説明した。

『準決勝の内容はガチンコの模擬戦！　両選手に防護魔術付きの魔導具を身に着けてもらい、その防護魔術が砕けるまで戦っていただきます！　降参、場外も敗北となりますのでご注意ください！』

試合はシンプルな模擬戦か。

準決勝ともなると、それでも十分盛り上がるだろうな。

『さて、ここで解説の方を紹介いたします。アガサ選手の通う学院で学院長を務める、イリス・カウン・エイゲート様です！　なんとこのお方、〝特殊部隊《ウェンディゴ》〟に所属していた過去もある女傑《じょけつ》です！』

『イリスだ、よろしく。わかりやすい解説ができるよう努めるよ』

解説席にはイリスがいる。準決勝まで残った選手を考えれば、妥当な人選と言えるだろう。

「それでは魔導演武学生部門、準決勝第一試合――始めッ！」

審判の声を合図に試合が始まる。

「大気に満ちる魔素よ、我が手に集え。炎槍《えんそう》となりて敵を討《う》て！【炎槍《フレイムランス》】！」

「【土造形《ランドフォーム》・ゴーレム】！」

高威力の炎の槍を、アガサが呼び出した上半身のみのゴーレムが手で防ぐ。

『出たぁああ――――！　アガサ選手の得意技、無詠唱の【土造形《ランドフォーム》・ゴーレム】！　彼女はここまでほぼあの魔術一本で勝ち進んでおります！』

実況がその光景に叫び声を上げる。

『高難度のゴーレム魔術を無詠唱で使いこなすなんて、そうそうできることではありません！　イリス様、一体レガリア魔導学院ではどのような教育を⁉』

『レガリア魔導学院、というよりはあれはウィズ君の功績だね』

『ウィズ？　へ、平民魔導士ウィズ・オーリアですか？』

『ああ。彼はうちで教師をしていてね。彼のおかげでうちの一年生は魔素干渉力が平均の倍以上、さらに半数近くが無詠唱を習得しているんだ』

『ま、またウィズ・オーリアです！　あの平民は本当に一体なんなんだ⁉　この大会でどれだけ爪痕《つめあと》を残すつもりなのかッ！　次々飛び出してくるトンデモエピソードに私はもうどう反応したらいいかわかりません！』

フッ……その場にいなくても脚光《きゃっこう》を浴びてしまう。天才というのは罪なものだな。

まあ、イリスのあの発言はおそらくわざとだろうが。

俺が昇級するために、試合を見ている魔導士たちに好印象を与えようとしてくれているのだ。

「――【土造形《ランドフォーム》・ゴーレム】！」

「なっ……!?　二体目だと!?」

アガサが呼び出した二体目の上半身のみのゴーレムに、対戦相手が焦った声を出す。

そう、アガサは同時に二体のゴーレムを操れるようになったのだ。対戦相手が動揺《どうよう》しているところを見ると、この試合まで温存していたようだな。

慌てて二体目のゴーレムに対応しようとしたアガサの対戦相手の少年は、一体目に対する警戒がおろそかになる。

注意が逸《そ》れたところに――一体目のゴーレムの拳が叩き込まれた。

「ぐはぁあああああああッ!?」

バリン！

少年の防護魔術が砕け散る。


『決着ゥウウウウウウウウウ！　勝者、アガサ選手です！　決勝進出――ッ！』

準決勝はアガサの勝利となった。

「ああ……アガサ！　あんなに立派になって……！」

その姿を見て、隣ではエルクが娘の成長に目を潤ませていた。

『さて、続いては第二試合！　対戦カードはソフィ・バル・パーリア選手対、クラリス・ユーク・サフィール選手となっております！』

アガサたちが退場し、入れ替わるようにソフィが入場してくる。

対戦相手は金髪を豪奢《ごうしゃ》な縦ロールにした少女だ。個性的な対戦相手だな。

『ソフィ選手は先ほど決勝進出を決めたアガサ選手の級友だそうです！　ここまではなんと、相手の攻撃を一度も受けずに勝ち進んでおります！』

『そうだね。アガサ君の強みがゴーレムによる鉄壁の守りだとすれば、彼女の強みはスピードだ。特に【滑走《グライド》】を使った機動力は必見だよ』

解説を聞いてドヤ顔をしていたソフィが、俺と目が合うとぶんぶん手を振ってきた。

可愛いやつめ。

『対するクラリス選手は、前大会では準優勝！　学生でありながら、〈雷雲《らいうん》〉の二つ名を持つ雷魔術の使い手です！　前評判では優勝候補筆頭の彼女は、その力を見せつけることができるのか！』

対戦相手は二つ名持ちか。

学生の中では滅多にいないんだが……ソフィでも苦戦は免《まぬが》れないだろう。

「それでは、試合――始めッ！」

◇　◇　◇

「おい、魔導具技師。まだ終わらないのか？」

魔導演武学生部門の準決勝が行われていた頃、ロルフ・バル・コルトーは帝都外壁の上にいた。

自分の行動を見張る〈隔絶〉一門《クラン》の魔導士に返事をしながら、ロルフは手を動かし続ける。

「ス、スミマセン！　もう少しで終わりますから！」

「ったく……いきなり結界装置を見せてくれ、なんて押しかけてきやがって。お前、言っとくけど妙な細工なんてしやがったら容赦しないからな」

「はい！　もちろんです！」

ロルフは現在、〈隔絶〉の用意した結界魔導具に触れてその仕組みを分析しているところだった。

（なんて高度な結界装置なんだ……！　これ本当に人間が作ったの？　ヤバすぎでしょ）

嫌になる。なんでこんなややこしい真似をしているんだろう僕は、とロルフは泣きたくなる。

しかしこれは必要なことだ。なんとしても、この結界魔導具の仕組みをきちんと理解しなくては。

〝その時〟が来た時に後悔はしたくない。

（うおおおおおお今だけは速く動け僕の腕と脳！　〈隔絶〉一門《クラン》の人たちがそろそろ怒り出しそうな雰囲気があるからね！　僕は怒られたくない！　なぜなら泣きたくなるから！）

ズババババッ！　と素早く手を動かし、ロルフは手元の装置に結界魔導具から得た情報を入力していく。それがある程度進んだら、改めて結界魔導具の発する情報と照合《しょうごう》した。

誤差なし。

ロルフは勢いよく立ち上がった。

「もう十分です！　それじゃあお邪魔しましたっ！」

「お、おう」

ロルフは作業を終えると、〈隔絶〉一門《クラン》の魔導士に怒られないよう急いで去る。

その姿を見送って……

「……結局あいつ、何がしたかったんだ？　やたら複雑な魔導具を作ってたみたいだが……」

ロルフの作業を見ていた〈隔絶〉一門《クラン》の魔導士は、そんなことを呟いた。

◇◇◇

「……我が主《マイロード》」

「どうした、ソフィ」

「私は今から旅に出ます。どうか捜さないでください……」

「落ち着け」

泣きそうな顔で言うソフィに、俺は冷静に突っ込んだ。

ソフィは試合に負けた。

負けた原因は一言で言えば、相性の悪さだ。

対戦相手のクラリスという少女は、手数の多さが持ち味の雷魔術の使い手だった。ソフィの水魔術は雷魔術と相性が悪く、防ごうとしても感電してしまう。得意の【滑走《グライド》】でかわそうとしても、相手の攻撃の密度が高すぎて避け切れない。

善戦したものの……残念ながら、勝利には至らなかった。

「ぐうううっ……！　無念です！　せっかく我が主《マイロード》の教えの素晴らしさを宣伝する機会だったというのに！　申し訳ありません！」

平伏《へいふく》しそうな勢いだ。

ソフィのあまりの落ち込みように、応援していたデカンたち冒険者も言葉を失っている。

俺はソフィの顔に手を添え、上を向かせた。

「ソフィよ。俺の教え子なら一度の敗北くらいで凹《へこ》むな。お前はまだまだ発展途上。今日勝てなかった相手にも、未来のお前なら必ず勝てる」

「我が主《マイロード》……！」

「今はアガサを応援してやれ」

「はい」

ソフィはしっかりと頷いた。

しかしその後、ぽつりと言う。

「……ですが私に勝った相手に、アガサが勝てるとは思えません。アガサは訓練の時、私に一度だって攻撃を当てたことはないんですから」

「確かに可能性は低いかもしれんな。しかしここまで勝ち残った時点で十分な成果だ」

フォローはしたものの、ソフィの言う通り今回の相手はアガサには荷が重そうだ。

とはいえ勝つ方法も存在する。

問題はアガサがそれを実行できるかだが……さて、どうなるかな。

◇　◇　◇

（……え？　絶対勝てなくない？）

アガサ・バル・トルマリンはそう感じた。

「【雷槍《ライトニングスピア》】！」

「ら、【土造形《ランドフォーム》・ゴーレム】！」

ドガンッ！

アガサが咄嗟に生み出した上半身のみのゴーレムが、降り注ぐ雷撃の槍を防ぐ。

しかし数秒後には真横から再び雷撃の槍。

アガサはそれを防ごうとするが……すでにゴーレムは二体出している。

「きゃあっ！」

ハンマーで殴られたような衝撃がアガサを襲った。

『ここでクラリス選手の【雷槍《ライトニングスピア》】が命中――ッ！　やはりクラリス選手の手数には目を見張る

ものがありますね！』

『クラリス君の戦法は〝弾数重視〟。威力をあえて抑え、代わりに数を撃つ。しかも常に移動しながらだ。得意属性の相性はアガサ君が有利だけど、戦い方の面ではクラリス君が優勢と言えるね』

実況席でのやり取りからもわかるように、決勝戦はアガサが明らかに劣勢だった。

相手は手数と速度にものを言わせた戦い方をしている。

対してアガサのゴーレムは頑丈だが遅い。

逃げ回って魔術を撃ちまくってくる相手を捕まえられないのだ。

「【石槍《ストーンスピア》】！」

「あははは！　そんな攻撃に当たるほど、のろまではなくってよ！」

苦し紛《まぎ》れで放った石の槍も当たらない。

（どうしようどうしよう……！）

アガサが無詠唱で使えるのは、【土造形《ランドフォーム》・ゴーレム】と【石槍《ストーンスピア》】のみ。【土造形《ランドフォーム》・ゴーレム】に訓練を集中したせいで、これ以外の手札がほとんどないのだ。

――もう十分頑張ったよ。

不意に、そんな思考がアガサの頭をよぎる。

——落ちこぼれの自分がここまで来られたんだから満足すればいいのに。

——相手は優勝候補だよ？　勝てるわけない。

——ソフィにだって訓練では一度も勝てなかったでしょ？


（……そうだよね）

自分の心の声を、アガサは肯定《こうてい》してしまう。ここまで来られたのは単純に組み合わせがよかったからだ。レックスやソフィといった強い相手とはここまで一度も当たらなかった。

（でも——諦めたくない）

しかし、歯を食いしばるようにアガサは一瞬前の思考を否定する。

落ちこぼれだったから変わりたい。

頑張った自分を認めてあげたい。

勝って、証明したいことがある。

「【土造形《ランドフォーム》・ゴーレム】！」

アガサはすでに出現させていた二体のゴーレムを捨て、新たにゴーレム魔術を使う。

しかしそれは上半身どころか、腕のみだ。

ただし数を多く。フィールドを無数の石の腕が埋め尽くす。

「……なんですの、これっ⁉」

クラリスは動揺して石の腕の一本に足を掴まれた。

『あれは――【石拳《ストーンハンド》】!? アガサ選手はあの魔術を無詠唱で使えることを、ここまで隠し通してきたというのかッ!?』

『いや違う！ あれは【土造形《ランドフォーム》・ゴーレム】の応用だ！』

『え？ ど、どういうことですか？』

『彼女は今まで上半身のみのゴーレムを操っていた。限定的にゴーレムの一部を作る技術を使えば、ゴーレムの腕のみを作ることも可能だ。そして処理が簡単な分、数を増やすことができる！ 彼女はこの土壇場《どたんば》でそれを思いついたんだよ！』

珍しくイリスが興奮気味に言葉を放っている。

アガサのこれは、先日の一件……学院でコーエンが及んだ凶行をモデルにしている。

教師や生徒を押さえ込んだ、彼の【石拳《ストーンハンド》】をゴーレム魔術で再現したのだ。【石拳《ストーンハンド》】の無詠唱はできなくても、このやり方ならほぼ同じ現象が起こせる。

「この程度で私を倒せると思っていますの!? こんな石の腕、一瞬で破壊してやりますわ！」

クラリスが雷魔術で石の腕を破壊する。

けれどそれでいい。一瞬だけ、集中するための時間が取れればいいのだから。

「フゥ……」

思い出す。自分にとってゴーレムとは何か。

それは子どもの頃に父が作り出した、魔獣から領民を守るための存在だ。

「――【土造形《ランドフォーム》・ゴーレム】」

アガサが静かに唱えた瞬間――頑強な二本の足で立つ、完全なゴーレムが出現した。

『ゴーレムが立ったァアアアアアアアアア!? 体高三Mほどでしょうか！ これまで上半身のみだったアガサ選手のゴーレムが完全体となって再登場いたしましたァア！』

『うまい！ 疑似《ぎじ》【石拳《ストーンハンド》】はこれを作るための時間稼ぎか！』

ズンッ……

ゴーレムがクラリスに距離を詰める。

動いても、以前のようにゴーレムの体が崩れることはない。

「……っ、あなたのゴーレム魔術は未完成のはずじゃ」

「そうですね……成功したのは初めてです」

「この土壇場で完成させたというんですの!?」

驚愕するクラリス。

アガサが動く。

先ほど同様、疑似【石拳《ストーンハンド》】でクラリスの足を掴んで動きを封じる。

そしてゴーレムが拳を振り上げ――

バリンッ！

「そんな……この、私が」

「そこまで！ 勝者、アガサ・バル・トルマリン！」

『決着ゥウ――――！　アガサ選手のゴーレムがクラリス選手の防護魔術を一撃で叩き割り、勝負を終わらせましたァアアア！』

『アガサ君がクラリス君に勝つ手段は、最初から〝一撃必殺〟以外になかった。時間をかければ防護魔術を削り切られてしまうからね。あのゴーレムはそれに対する素晴らしい回答だった』

『最後までばっちり解説ありがとうございますイリス様！　というわけで、魔導演武学生部門の優勝者はァ……ゴーレム魔術の使い手、アガサ・バル・トルマリン選手！　皆様、大きな拍手をお送りくださいッッ!!』

ワアアアアアア――――！

「……っ」

歓声に包まれながら、アガサは人生で今まで味わったことのない嬉しさを感じるのだった。

◇　◇　◇

試合後、表彰式《ひょうしょうしき》が行われた。

『それでは入賞者の方々へインタビューを行います！　まずは三位決定戦で鬼神《きしん》のごとき戦いぶりを披露した、ソフィ・バル・パーリア選手！』

司会に拡声魔導具を向けられているのはソフィだ。

決勝戦後に行われた三位決定戦で、ソフィは勝利したのである。

正直三位決定戦のソフィはすさまじかった。『アガサが優勝したのですから、私もこれ以上負けるわけにはいきません……！』と、相手をボコボコにしていた。

『……無念です。私は当初、自分が優勝すると信じて疑いませんでした。しかし結果は三位止まり……！　我が主《マイロード》に顔向けできません』

『ま、我が主《マイロード》？』

『もちろん我が師ウィズ・オーリア様です。あのお方の教育の素晴らしさを伝えること、それのみが私がこの催しに参加した理由です』

『……いや、あの、この大会って一応由緒正しい大舞台なんですが……』

『そうですね。ですから布教にはぴったりだと思いまして』

『何この子怖い』

若干司会が引いているような気がする。

気を取り直すように、司会は続いて二位のクラリスへと魔導具を向けた。

『それでは次は昨年同様準優勝の、クラリス・ユーク・サフィール選手にお話を聞いていきます！　今のお気持ちはどうですか？』

『く、屈辱《くつじょく》に決まっていますわ！　なんで私はいっつも二位なんですの⁉　来年は絶対優勝いたしますわよ‼』

その後クラリスは顔を真っ赤にして決意表明を続けた。元気だな。

性格はともかく、俺の教え子に対抗できる学生は貴重だ。ソフィたちのいいライバルになってくれることを期待しよう。

『それでは最後に……見事優勝したアガサ選手、今の気持ちを率直にお聞かせいただけますか？』

司会役にそう尋ねられ、アガサは緊張した声で応じる。

『え、ええとっ、そうですね。驚いています。わたしが優勝するなんて、誰も思っていなかったでしょうし……わたし自身もそうです。ソフィちゃんやクラリスさんみたいに、他に凄い人がいくらでもいますから』

『決勝戦では気迫がこもっているように感じました。どんなことを考えて試合に臨みましたか？』

『それは……証明したいことがあったからです』

『証明したいこと、ですか？』

『はい』

アガサは視線を上げ、観客席にいる俺を――いや、俺の隣にいるエルクを見た。

『わたしはきちんと頑張っているよ、っていうことを……そして将来わたしに領地を預ける時も、心配しなくていいんだよ、って父に伝えたかったんです』

「っ」

エルクが息を呑む。

……ああ、そうか。

アガサがゴーレム魔術にこだわる理由は、領地を守るため。

敵を蹴散らす領主のゴーレムは、トルマリン領民の心の拠《よ》り所《どころ》と言っていた。しかし学院に入る前のアガサにはとてもそんな技術はなかった。

だからアガサは実績を求めたのだ。

父が安心して引退できるような、確かな成果を。

『もちろん、ソフィちゃんやオーリア先生、イリス先生や……他にもたくさん支えてくれた人はいます。でも、やっぱりわたしが頑張る理由は領民の人が笑って暮らせる領地を作ることですから』

「……うう、あ、アガサぁ……あんなに立派に……うおおおおぅ」

俺の隣でエルクが嗚咽《おえつ》を漏らす。

「うぉおおおおッ……なんだこれ！　前が見えねえよ……！」

「健気すぎるだろアガサぁ……」

「俺、今日からトルマリン領に移住する……！　あんな領主様になら一生ついていくぜ……！」

ちなみに俺を挟んで反対側ではデカンたち冒険者も号泣していた。

お前たちも泣くのか……気持ちはわからんでもないが。

『それでは第九十七回魔導演武、学生部門はこれにて終了となります！　皆様もう一度、未来ある魔導士たちに盛大な拍手をお送りください！』

司会の言葉が響き、会場には割れんばかりの歓声と拍手が満ちるのだった。

学生部門の表彰式が終わった後、俺、アガサ、ソフィ、エルク、冒険者たちは、第一臨時街の酒場を借り切って祝勝会を開いた。

ちなみに酒場というのは、初日にドルヒドとレイナットにいちゃもんをつけられていたあの店だ。

さんざん飲んで騒いだ後、ソフィとアガサが寝落ちしたため祝勝会は終了。

俺は彼女たちを帝都内の宿に送り届け、ついさっき第一臨時街へと戻ってきた。

「……最後の夜か」

結局、魔人族ラビリスの襲撃はないままだ。

平和に終わるならそれはそれでいいと言える。

だが本当にそううまくいくか？

俺は警戒を続けた。

◇　◇　◇

「……最後の夜ね」

エンジュ・ユーク・グランジェイドはそう呟いた。

場所は警備を任されている第二臨時街。

今のところ魔族が襲撃してくる気配はない。

油断はできないと思いつつも、エンジュはやはり明日の魔導演武が気になってしまう。

（明日の準決勝では兄様と戦う。今の私で勝てる？　……無理よ、今まで兄様にかすり傷一つつけたことがないのに）

明日の試合でエンジュはレナードと対戦する。

レナードは魔導演武優勝を契機《けいき》に、〔剣聖〕の座を取りに来る。だから明日の試合では勝たなくてはいけない。けれどやはりエンジュには、自分が勝てるイメージは湧かないままだ。

エンジュは小さく頭を振る。

（……いえ、今は明日のことを気にしている暇はないわ。まずは警備を完璧にこなさないと）

そう考えてエンジュは視線を上げた。

ふと帝都のほうを見る。

帝都は安全だ。

なにせ特級魔導士や幻獣騎士団の隊長クラスが全員あちらにいる上、〔隔絶〕の魔導結界まであるのだから。

帝都内に魔族が現れようものなら、一瞬で始末されることだろう。

そんな帝都の外壁の上に――

「……え？」

禍々《まがまが》しい光が数十個も現れるのを、エンジュは見た。

第七章　帝都動乱

「な……なんだよこれっ！」

帝都外壁で警備にあたる、〈隔絶〉一門《クラン》の魔導士が絶叫《ぜっきょう》する。

帝都をぐるりと囲む外壁の上には、等間隔で数十の結界装置が設置されている。

それが一斉に紫《むらさき》色の光を放ち始めたのだ。

意味がわからなかった。

これを作った彼らの師匠、〈隔絶〉からは、こんな機能があるなんて聞かされていない。

焦りを感じた。

「どうなってる⁉　結界に異常はないんだろうな⁉」

「お前は〈隔絶〉一門《クラン》の魔導士なんだろ⁉　このおかしな光をなんとかしろ！」

「そ、そう言われても、俺には何がなんだか……」

警備にあたる他の魔導士たちから急《せ》かされ、〈隔絶〉一門《クラン》の魔導士はどうにか結界装置を元の状態に戻そうとする。

その瞬間、彼の目の前で、結界装置が内側から爆《は》ぜた。

「うおっ……⁉」

魔導結界の装置は大きい。中に何者かが潜めるほどに。

装置の間近にいた〔隔絶〕一門《クラン》の魔導士は音のした方を見た。

――そこには黒い皮膚《ひふ》と翼を持った、人型の何かがいた。

体高は三M以上もある。全身の各所に鋭い棘が生え、腰の下から太い鞭のような尾が伸びている。

頭部は禍々しい竜のそれだ。


「……ようやく、出番か」


それは紫色に光る結界魔導具を見ると、待ちくたびれたようにそう言った。

「「「――――っ!?」」」

周囲がパニックに陥《おちい》る。

なぜなら目の前に現れた有翼のそれは、事前に聞かされていた〝魔族ラビリス〟の外見そのものだったからだ。

「ま、魔族だ！　魔族が現れた！」

「なんで結界装置の中から……!?」

「ごちゃごちゃ言ってる場合か!?　殺せ！　すぐに殺せぇえええええええええええええ!!」

色とりどりの魔術が、ラビリス目がけて殺到する。

しかしその魔術が到達する頃には、ラビリスはその場にはいなかった。

「があ――ッ!?」

ラビリスはすでに魔導士たちの背後にいた。

なんらかの攻撃を浴びせられたのか、血を噴き出して魔導士たちが倒れる。

その場に唯一残った〈隔絶〉一門《クラン》の魔導士は、腰を抜かしながら叫んだ。

「なんで……なんで魔族が、結界魔導具の中に入ってるんだ！　そんな馬鹿なことがあるか！」

「――その首飾り」

「ッ!?　な、なんだよ。これは師匠にもらったんだ。これがあれば安全だって――」

師匠である〈隔絶〉から受け取った首飾りを彼は手で握った。

それは個人用の結界魔導具で、装備者を守る小型結界を展開する。

そう聞いていた。

だが、結界なんて出なかった。

「ぃがッ!?　ああ、あああぁ……ッ！　そんな、結界は……？」

ラビリスに片手で首を掴まれ持ち上げられ、〈隔絶〉一門《クラン》の魔導士は呻く。

ラビリスは答えを明かした。

「その首飾りは、目印だ。それをつけた者は全員殺すことになっている」

「めじ、るし？」

「哀れだな、お前は。信じるべきではない者を信じた」

「――」

彼は理解した。

結界装置の中に魔族が入り込んでいた。

だが、結界装置の近くには、常に〈隔絶〉一門《クラン》の人間がいたのだ。

隠れるタイミングなんて存在しない。

一門《クラン》の内側に、裏切り者でもいない限りは――

ラビリスはその〈隔絶〉一門《クラン》の魔導士を殺した。

死体を捨ててラビリスは呟く。

「……始めるか」

次の瞬間には、ラビリスの姿は掻き消えていた。


その後数分で、他の結界装置を警備していた〈隔絶〉一門《クラン》の魔導士たちも全員が惨殺《ざんさつ》された。

◇　◇　◇

「おお……ようやく完成したか。美しい。なんと美しい光景じゃ」

〈隔絶〉オーギュストは帝都の内側で呟いた。

彼の視線の先には帝都外壁の上で輝く、数十の紫色の光がある。

「魔素を集めるのに手間取ったが、これであのお方の命令を遂《と》げられる」

恍惚《こうこつ》とした表情で言うオーギュストの前の空間が揺らぎ、一人の男性が現れる。

銀髪の優男、〈賢者〉だ。

「やあ、オーギュスト」

「〈賢者〉か。見よ、この光景を。美しいとは思わんか？」

「【聖鎖《ホーリーチェーン》】」

〈賢者〉はオーギュストの言葉を無視して、聖なる鎖で彼を縛った。

「……まさか君が裏切るなんてね。魔族ラビリスと通じているのかい？」

「ほっほ、お見通しか」

「信じたくないけど、仕方ない。結界装置に細工ができるのは君だけだ」

〈賢者〉は帝都外壁で異常が起きているのを察知し、そちらはもう〝間に合わない〟と踏んで【疑似転移】でオーギュストを捕らえに来たのである。

オーギュストは嘲笑うように言った。

「儂に構っていていいのか？　ラビリスはすでに帝都の中に入り込んでおるぞ？」

「知っている。だからそっちは信頼できる人間に任せた――さあ、今すぐ吐いてもらおう。君の狙いはなんだ？」

「決まっておる。取り返すのじゃ！　百年前に取り損ねた領土を！　ニンゲンどもを殺し尽くしてでものうッ！」

オーギュストの眼球の白と黒が反転する。

以前ウィズ・オーリアが報告した、コーエンと同じ現象だ。

「君は魔族じゃない。百年前の戦いでは君のような者はいなかったはずだ」

「うむ、儂はあの方の一部を分け与えられているに過ぎぬ。コーエン・ヴィア・リリアスと同じと言えばわかるかのう？」

「……君はこの帝都に何をしかけた。あの紫色の光はなんだ？」

「そうじゃな。もう手遅れじゃから教えてやろう」

オーギュストは告げた。

「あれは、お前さんたち強者を帝都内に閉じ込めるための――〝内側〟に向けた結界じゃ」

「――ッ!?」

それを聞いて、初めて〈賢者〉は焦った表情を浮かべた。

◇　◇　◇

「儂が駆け付けるまでの数分で、よくもまあここまで殺し尽くしたものであるな」

帝都外壁の上で、クロム・ユーク・グラナートが呟いた。

彼は〈賢者〉の命によって、異常が確認された場所に来た。

幻獣騎士団の隊長格がおそらく皇帝のそばから離れないだろうと予想した〈賢者〉は、協会魔導士の中で最大の戦力を急行させたのである。

クロムが着いた時、外壁の上を警備していた魔導士たち数百人はすでに皆殺しにされていた。

「貴様が魔族ラビリスであるか」

「……」

「人間の言葉は理解できんか。トカゲじみた頭に似つかわしく、脳の発達が足りていないと見える」

無言のラビリスに、クロムは言った。

「まあいい……よもや、これだけのことをして生きて戻れるとは思わんな？」

瞬間。

ラビリスの前方を白い光が満たした。

「――――ッ」

それは膨大な数の雷撃の槍だ。数が多すぎてもはやそれは〝点〟ではなく〝面〟の攻撃と化している。

魔術の早撃ちという表現では生ぬるい事象。

〈雷帝〉クロムには魔術名の詠唱すら必要ない。彼は手足を動かすように雷の雨を降らせることができる。

轟音。

しかし、ラビリスはすでに攻撃範囲の外にいる。

クロムの雷撃をすべて避け切ったのだ。

クロムは内心で舌打ちをした。

（……鬱陶《うっとう》しい翼である。やはりやつの能力は面倒極まりない）

倒し損ねた。

しかし、ここにいるのはクロムだけではない。

「――ばぁー……」

ラビリスの逃げた先には〔死神〕ヨルが待ち構えていた。

「……ッ!?」

「簡単には逃がしませんよー……あははー……」

クロムの攻撃は囮《おとり》だったのだ。

ヨルの両手にはどす黒い光が宿っている。

ラビリスは反射的に、それは絶対に触れてはならないものだと察した。

だから、避《よ》けた。

「あれー……？」

ヨルの両手の攻撃は空振りに終わる。

ラビリスはすでに離れた位置まで移動していた。

「せっかく追い込んでやったのだから、きちんと仕留めろ、〔死神〕」

「いやー……当たったと思ったんですけどねー……あれ避けます？　普通……」

クロムとヨルはラビリスを挟むような位置取りで立つ。

逃がさないというように。

「……」

ラビリスは無言で自らの腕にもう片方の手を添えた。

そこには二人が見たことのない魔導具がつけられている。

その魔導具が発光する。

淡い光に包まれたまま、ラビリスは外壁の向こうに飛び降りた。

「逃がさん」

即座にクロムが雷撃の雨を降らせる。

外壁の向こうに出たのはクロムにとって好都合だった。空中なら味方を巻き込む心配はないからだ。

だが——その雷撃は、空中で掻き消えた。

「……なんだと？」

「結界に阻まれた……？」

クロムとヨルは揃って目を見開いた。

即座に二人はラビリスを追って飛び降りようとしたが、バチィッ！　という音とともに弾き飛ばされる。結界に阻まれ、二人は帝都の外に出られなかった。

「どうなっている⁉　なぜラビリスが出られて、我々がこの結界から出られない⁉」

「ラビリスがつけてた腕輪……あれ、もしかして結界の対象から外れるものだったり……」

クロムは即座に近くの結界装置に雷撃を放つ。

しかし、結界装置に纏わりつく紫色の光に防御されて装置まで雷撃が届かない。

「鬱陶しい……！　装置にまで結界を付与しているのであるか！」

「帝都を覆っている結界と同じものに見えますね……しかも見てください、いつの間にか結界が外壁の下まで広がっています……」

　その時点で二人は同じ結論に達した。

「まさか……我々は閉じ込められたのか⁉　この帝都の中に⁉」

　クロムの言葉を、ヨルは無言で肯定した。

◇◇◇

「……戦いを避けられたか」

　魔人族ラビリスは帝都の外でそう呟いた。

　腕に巻かれた魔導具を見る。

　これは協力者であるオーギュストから受け取った、結界を出入りするための魔導具だ。

　現在帝都には内向きの強力な結界が張られており、内側からではまず破壊できない。

それはさっきクロムの魔術を防ぎ切ったことで証明されている。

しかしそれだけで楽観できるほど、ラビリスは呑気《のんき》な性格をしていなかった。

「……出てこい、下僕《げぼく》ども」

ラビリスがそう呟くと、それに応じるように地響きが鳴り始める。

『『『──』』』

やがて、地中から続々と魔獣たちが姿を現した。

◇◇◇

〈賢者〉は緊急会議を開くことにした。

この場にいるのはクロム、ヨル、ユグドラといった大魔導士に加え、協会魔導士の中でも実力のある者ばかりだった。

「そんなっ!?　〔隔絶〕殿が魔族と手を組んだというのですか!?」

招集された魔導士の一人が叫ぶと、〈賢者〉は頷いた。

「そうだ。オーギュストは結界装置の中に魔族ラビリスを隠し、帝都に運び込んだ。最初からラビリスは帝都の中にいたんだ」

「なぜそのようなことを!?」

「コーエン・ヴィア・リリアスと同じだと言っていた。詳しいことはわからないが……僕としては洗脳のたぐいを疑っている」

「ば、馬鹿な……」

信じられない、と言うように魔導士が呻く。

それほど〔隔絶〕が協会を裏切ったという出来事は予想外だったのだ。この場の誰にとっても。

ユグドラが〈賢者〉に尋ねた。

「……オーギュストはどうした？」

「自害した」

「っ」

「【聖鎖《ホーリーチェーン》】で捕縛《ほばく》はしたけど……自害は止められなかった。遺体はぐずぐずに溶けて、何も残らなかったよ」

「……そうか」

オーギュストと顔見知りだったユグドラは一瞬だけ顔を歪《ゆが》めたものの、すぐに平静を取り戻す。

「それで、今はどういう状況になっておる？」

「簡単に言うと、僕たちは帝都の内側に閉じ込められている状態だ。オーギュストが死ぬ間際に言った話によると、〝裏結界《うらけっかい》〟というそうだね」

「裏結界……？」

「オーギュストが設置した結界装置の本来の機能だ。周囲から魔素を集め、球状の超強力な内向きの結界を張る。裏結界が完成すると、結界内にいる者は出ることができなくなる。その強度については、クロムがさっき調べてくれたようだけど――」

〈賢者〉が言うと、クロムは忌々しそうな顔で頷いた。

「……はい。我が雷魔術でも、結界そのものどころか、結界装置すら破壊することは不可能でした」

「クロムさんの魔術で駄目となると――……力任せでは破壊できないでしょうね――……」

クロムの言葉にヨルも同意する。

大魔導士の魔術でも破壊できない結界に、帝都全域が覆われている。その事実にその場の全員が顔面蒼白になる。

ユグドラは顎《あご》に手を当て、さらに〈賢者〉に尋ねる。

「【疑似転移】で外に出ることはできんのか？」

「実はもう試したけど、無理だった。帝都の中は移動できても外に出られないんだ」

「土魔術で穴を掘り、下から抜け出すというのは？」

「それも駄目だね。結界は帝都の真下まで覆っているようだから」

ユグドラと〈賢者〉がそんなやり取りをする中、魔導士の一人がこんなことを言う。

「そ、そうだ！　〔隔絶〕殿がいなくても、彼の弟子たちがいる！　彼らなら結界の仕組みを知っているはずですから、解除も可能だと――」

「――残念だけど、それはできないよグラント卿。なぜなら、〔隔絶〕一門《クラン》の魔導士たちはすでに全員殺されているからだ」

「……は？　な、なんですって？」

愕然とする魔導士の一人に〈賢者〉は静かに告げた。

「〔隔絶〕一門《クラン》の魔導士たちは、ラビリスによってすでに皆殺しにされた。しかも遺体の損壊がひどくて、ユグドラでもどうにもならないほどだ。彼らを当てにすることはもうできない」

〈賢者〉の言う通り、〔隔絶〕一門《クラン》の魔導士たちはすでに一人も残っていない。

ラビリスが彼らを最優先で殺したためだ。

「では……では、どうしようもないではありませんか！」

「我々はこの結界の中で干上《ひあ》がるのを待つしかないというのですか!?」

パニックを起こしかける魔導士たちに、〈賢者〉は首を横に振る。

「そうはならない。時間をかければ結界の解除は不可能じゃないからね。ただ……このまま僕たちが結界の中で自由に動けると考えるのは、楽観がすぎる」

〈賢者〉は厳しい顔でそう言った。

「……？　それは、どういう」

魔導士の一人が疑問を口にしかけたその瞬間。

ドォッツ!!　という破砕音《はさいおん》が、帝都の数か所で同時に響いた。

「今の音はなんだ!?」

「魔族が暴れているのでは……」

「馬鹿な！　ラビリスは〔雷帝〕殿と〔死神〕殿に恐れをなして逃げたはず！　帝都の中にはもう

いないのでは⁉」

その場がさらに混乱する中、〈賢者〉のもとに通信魔術がかかってくる。

〈賢者〉は即座に応答する。

「何があった？」

『ほ、報告します！　街中に魔獣が侵入いたしました！　数は十体以上……どれも大型のサイクロプスです！』

サイクロプス。

Aランクの中でも最上位に位置する種類の魔獣だ。

報告を寄越してきた魔導士は混乱した様子で喚く。

『なぜかこの魔獣たちは、結界をすり抜けて入り込んできました！　すでに手当たり次第に破壊を行っています……！　我々の手には余ります！　至急応援を！』

◇　◇　◇

「これでいい」

結界の外で、ラビリスがそう呟いた。

魔人族は魔獣を操る能力を持つ。それを使ってラビリスは二十体ほどの魔獣を結界の中に突っ込ませたのだ。

「結界を中和する魔導具、か。便利なものを作るものだ」

現在帝都は結界により、外部との行き来が不可能となっている。

サイクロプスたちが帝都の中に侵入できたのは、〔隔絶〕が事前に用意した小型の魔導具によるものだ。帝都を覆う結界を中和し、それを持つ者は結界を素通りできる——ラビリスが腕につけているものと同じ効果を持つそれは、サイクロプスたちの胃の中にある。よって下僕たちが内部でやられたとしても、魔導具は容易に取り出せない。

サイクロプスは帝都付近の地中にあらかじめ仕込んでいた。

帝都の〝裏結界〟が完成した後、帝都内を混乱に陥《おとしい》れるための戦力だ。

計画の実行前、そのうち一体が人間に見つかってしまい、その個体だけは切り捨てざるを得なかった。切り捨てたサイクロプスは〝砂色のサイクロプス〟と呼ばれるもので、通りすがりの白髪の魔導士に退治されたが、今となってはどうでもいいことだ。

「抗《あらが》え、ニンゲンども。どうせ下僕どもでは大した戦果は上げられないだろうが……魔素を使わせられればそれでいい」

ラビリスたちの計画は次のようなものだ。

まず、〔隔絶〕がラビリスを隠した結界装置を帝都に置く。

その後数日かけて結界装置に周囲の魔素を吸わせ、それが一定量に達した時点で〝裏結界〟を発動。帝都の中に〈賢者〉や大魔導士、幻獣騎士団の隊長といった強者を閉じ込める。

ラビリスはそのタイミングで結界装置から出て、〈隔絶〉一門《クラン》の魔導士たちを皆殺しにする。〈隔絶〉は自害。結界を解ける者がいなくなる。

その後速やかにラビリスは帝都から出て、魔獣たちを内部に送り込む。

皇帝の指示で、強い魔導士が帝都の中に固まることは〈隔絶〉が予想していた。だからこそ、帝都の内部に向けて結界を張れば、帝都の外にラビリスを止められる者はもういない。

ラビリスの狙いは最初から帝都ではない。

「――臨時街には合計五千以上のニンゲンがいると聞いた。我らが王への供物《くもつ》としては悪くない」

帝都結界に守られず、また大量の人間が滞在する場所。臨時街こそが彼の狩場だ。

予告通りの虐殺《ぎゃくさつ》を行うために、ラビリスは移動を開始した。

◇　◇　◇

「――は？」

エンジュ・ユーク・グランジェイドには何が起こったかわからなかった。

帝都付近の地面から、いきなり十体以上もサイクロプスが現れて帝都の中に侵入していった。

明らかに魔族の仕業《しわざ》だ。

すぐさまその場に駆け付けようとしたものの、いきなりそれ以上の異変が周囲に起こった。

彼女の配置された第二臨時街。

その一角で、二階建ての建物がいきなり真っ二つになったのだ。

しかもそれが続く。薄緑色の閃光が走るたびに、臨時街の風景が切り刻まれていく。

「なんだよこれっ……!?」

「腕がぁ！　俺の腕があああ！」

「どうなってるんだ!?　何も見えねえ！　誰か助けてくれぇぇえ！」

——いる。

何かが臨時街に入り込んでいる。

姿は見えないが、エンジュはそう直感した。

「ぁがっ……!?」

ヴンッ、という振動音がエンジュの耳に届き——次の瞬間、彼女の数M横にいた魔導兵がバラバラに刻まれて死んだ。

エンジュは咄嗟に目に魔力を集中させた。

大気にある魔素が体内に入ることで、それは魔力と呼ばれる別の存在に変わる。

身体強化の燃料になるそれをエンジュは自在に操り、動体視力を強化した。

「そこ！」

「……ほう」

ガキンッ！　という音とともに、エンジュの繰り出した横薙ぎがそれを捉えた。

エンジュは目を見開く。

そこにいた者は、事前の魔導会議で聞いていた通りの外見をしていた。

「魔族ラビリス……！」

「いかにも。ニンゲン、貴様の名は？」

「……聞いてどうするのかしら？」

「貴様は俺の足を止めさせた。だから念入りに痛めつけて殺す。貴様は地獄のような苦痛を味わうことになるが、慰《なぐさ》めとして代わりに名前を覚えてやる」

淡々とした口調で話すラビリスに、エンジュは名乗った。

「エンジュ・ユーク・グランジェイド。あんたを殺す人間の名前くらい覚えておきたいでしょう」

「くだらん虚勢《きょせい》だ。貴様では俺に勝てぬ」

緑色の光がラビリスの爪に沿って伸び、刃となる。それは伸長していき、わずか一瞬で数十Ｍに達した。

その刃が振り抜かれる。

「――ッ!?」

咄嗟にエンジュが身をかがめて回避すると、彼女の後方がありえない規模で切断された。

建物が、人が、景色すべてが。

エンジュは目を見開いた。

今のたった一振りで、おそらくラビリスは五十人以上殺した。

「この、化け物ッ……」

「続けるぞ」

ラビリスは緑色の光の刃を長短使い分けながら、あらゆる角度からエンジュを攻め続けた。身体強化で視覚と聴覚を研ぎ澄ませ、エンジュはぎりぎりのところで回避し続ける。

しかし反撃できない。

（速い……〈賢者〉様が言っていた通り！）

ジルダが防御に秀《ひい》でた魔族だとすると、ラビリスの特徴はその速度だ。

ラビリスは音速以上の速度で動く。

一般の魔導士では目で追うことすらできない。瞬《まばた》きする間もなく、体をバラバラにされて終わりだ。エンジュのように接近戦の訓練を日ごろから行っている精鋭のみが、わずかな時間だけ戦闘を行える。

「よく防ぐ。俺の行動を読んでいるのか」

「……ッ」

「速度ではまったく及ばないというのに。健気《けなげ》なことだ」

「うぁっ⁉」

エンジュの動きが遅れ始める。

当然だ。全力で身体強化を行い続け、ラビリスの行動を先読みして防御する。そんな神業《かみわざ》が長く続くはずがない。

「――ぁ」

ザンッ！　とエンジュの利き手が抉《えぐ》られる。

エンジュの手から剣が滑り落ちた。　続いてラビリスの翼が勢いよく振り抜かれ、エンジュを真横に吹き飛ばした。

「づっ、ぁ、あああああっ……⁉」

苦悶《くもん》の声を上げるエンジュの腹を、一瞬で距離を詰めたラビリスが踏み潰す。

骨が砕け、エンジュは血を吐いた。

けれどラビリスは足をどけようとしない。

折れた骨が内臓を傷つけ、体の中が焼けるような熱を発する。

「苦しいか？　俺の歩みを止めた罰だ。俺は誰よりも速くあらねばならんというのに」

「ぐっ、あぁ、かはっ」

「貴様のような弱者がいくら足掻《あが》いても無意味なのだ。我ら魔人はニンゲンよりも生まれながらにして強い。その差はどれだけ努力を積んでも覆らない」

「〜〜〜〜ッッ、げほっ！」

エンジュは血を吐きながら、心の中でむなしさを感じていた。

殺される。

（また……手も足も出ない）

いつも自分は勝ち誇られる側だ。

兄には剣で負けた。

魔族にはすべてで負けた。

いけ好かない、同僚の白髪の魔導士にも……きっと勝てないと心の奥底では理解している。

（……どうして私はこんなに弱いの？）

どれだけ剣を振っても追いつけない。

気に入らないやつばかりが自分の前を行く。

惨めだった。

もういいか、とすべてを諦めてしまえるくらいに。

「死ね」

ラビリスが緑色の光の刃を振り下ろそうとして――


「――やれやれ、世話の焼ける同僚だ」


ガギンッ！　と、突如現れた障壁に防がれた。

何十枚もの障壁をごくわずかな薄さに圧縮しているようで、その硬さは尋常ではない。

タンッ、という硬質な靴音が響く。その少年は天から舞い降りるようにして現れた。

「何者だ？」

少年は口元に笑みを浮かべて答えた。

「ウィズ・オーリア。お前を倒す最強の魔導士だ」

◇　◇　◇

そこは地獄絵図だった。

第二臨時街は半壊していた。

俺がこの街の異変に気付いて【疑似転移】で駆け付けるまで、せいぜい数分といったところだろう。

そのわずかな時間で十数の建物が破壊され、数百の人命が奪われていた。

それでもマシだったのだろう。

俺がやってきた時、エンジュが有翼の怪物と戦っていた。やつが足止めしなければ、さらに被害が出ていたことは間違いない。

だがそれはすぐに終わった。

魔人族ラビリスと思しきその怪物は、エンジュを切り裂き、踏み潰そうとした。

咄嗟に俺はそこに割って入り――今、それと対峙《たいじ》している。

「お前がラビリスか？」

爬虫類《はちゅうるい》を思わせる頭部に、黒い皮膚。背中から生える大きな翼。

魔導会議で聞いていたラビリスの外見そのものだ。

「……白髪の少年。そうか、貴様がジルダを倒した者か」

ラビリス――もう本人だと断定してしまうが――は、俺の問いを無視してそう呟いた。

俺は鷹揚《おうよう》に頷く。

「そうだな。やつもなかなかに強かった。俺には及ばなかったようだが」

俺が言うと、ラビリスは殺気を放った。

「……勘違いするなよ、ニンゲン。ジルダは復活後間もない状態で貴様と戦った。あれがやつの全力だと思うな」

「ほう、仲間を庇うか。お前たちにもそんな感情があるとはな」

「違う。貴様のような虫けらに、魔人族という種をひとかけらも侮られたくないだけだ」

プライドの高いことだ。

「では――その言葉の真偽を問おう」

俺は天に手を掲げた。

やがて、ゴォン、ゴォオン――と厳かな鐘《かね》の音が鳴り始める。

「なんだ？　この音は……貴様、何をしている⁉」

ラビリスが叫ぶのを無視してさらに魔術構築を進める。幸いにもここは臨時街の端なので一般人を巻き込む心配はない。

俺は唱えた。

「【絶界聖堂《ぜっかいせいどう》】」

その瞬間、俺たちの周囲は景色を変えた。

直径三十Mほどの半球に覆われた空間だ。足元は大理石のような白い床に覆われ、周囲には虹のように色彩豊かな光が舞っている。

「なんだ、この空間は……」

ラビリスは即座に半球を破壊しようとするが、緑色の光の刃は俺の作り出したドームに傷一つつけられない。

「――ッ、貴様、一体何をした⁉」

鋭く問うラビリスに俺は答えてやる。

「【絶界聖堂】。脱出不可能の結界だ。内部からのすべての攻撃は結界に吸収され、魔素に分解された上で外部へと放出される。要は〝力任せでは絶対に破壊できない結界〟だと思えばいい」

「なんだと……⁉」

「お前がこの結界を破壊する手段は一つだけ。俺を殺すことのみだ。それができない限り、この空間からお前は出ることができない」

最初の魔導会議でラビリスの能力を聞いてから、俺はまずこいつを逃がさない手段をずっと考えていた。

普通に戦ってもラビリスは倒せない。

音速以上の速度で動くこの魔人族は、窮地《きゅうち》に陥ればすぐに逃げるだろう。だからラビリスを逃がさないための檻《おり》が必要だった。そうして生み出したのがこの【絶界聖堂】である。

ヒントはあった。

〔隔絶〕の魔導結界。

さらにはエルゼル大聖堂の内装。

ぶっちゃけ〝衝撃を外部に受け流す結界〟というアイデアはずっとあったんだが、内部のデザインにずっと悩んでいたのだ。

やはり俺が扱う魔術である以上は見栄《みば》えがよくなくてはならんからな。

サーシャとの帝都観光は大いに役立ったと言えよう。

説明は終わりだ。

俺は両手を大きく広げた。

「神託《しんたく》を授けよう、魔人族ラビリスよ」

「……何？」

「この美しい聖堂をよく目に焼き付けておけ。暗い眠りについた後も、安らかな夢を見られるように――これがお前の生涯で最後に見る景色となるのだから」

「ほざけ！」

ラビリスが突っ込んでくる。

読みやすくてありがたいことだ。

「【反転障壁】」

「がぁっ⁉」

攻撃をそのまま跳ね返す障壁によって、音速の突撃による衝撃を自分の体で受け止めることになったラビリスが、勢いよく吹っ飛んでいく。

【反転障壁】は普通の【障壁《バリア》】と比べて使うのに時間がかかるが、相手の攻撃が読める場合は問題にならない。

「【最上位回復《セイクリッドヒール》】」

「……ぁ」

俺はラビリスが戻ってくる前に、エンジュの傷を治療しておく。

街の連中は避けられたが、エンジュだけは近くにいすぎて【絶界聖堂】に巻き込んでしまっていた。

まあ、この女ならさほど問題はないだろう。

「さて、エンジュよ。お前が惨めにやられそうになっていたところを颯爽《さっそう》と助けた俺に、何か言うことはないのか？」

「……そうね。ごめんなさい、世話をかけたわ」

「…………あ、いや、別に構わんが」

なんだ……？　妙に大人しいぞ……？

エンジュは俯《うつむ》いたままで、表情が読み取れない。

「ま、まあいい。剣もないようだし大人しくしていろ」

エンジュは小さく頷き、後ろに下がった。

……どうも調子が狂うな。魔導演武の時から不調だとは思っていたが、今のは最たるものだ。

ラビリスにこてんぱんにされたのがそんなにこたえたのだろうか。

一度の敗北でああも落ち込む性格か、あの女？

「――殺す」

はるか向こうでラビリスが低く唸《うな》る。

エンジュのことは気になるが、今集中すべきはあちらか。

「俺は魔王様の優秀な手足だ。王の意志を最速で実現させる……俺の足を止めた罪は重いぞ、ニンゲン」

「それがお前の美学か？　他人に依存《いぞん》した思考でしか動けんとはつまらんやつだ」

「……よほど苦しんで死にたいらしいな！」

ラビリスの姿が掻き消える。

速い。

が、問題ない。

「【嵐壁《ストームウォール》】」

「……ッ⁉」

嵐の壁がラビリスの接近を阻む。

「【飛行《フライ》】、【風爆球《ウインドボム》】」

「がっ⁉」

すかさず距離を取りつつ反撃。攻撃範囲の広い【風爆球《ウインドボム》】ならラビリスの離脱《りだつ》を許さずダメージを与えられる。

「このっ……」

「この程度で終わりだと思うなよ？【風矢《ウインドアロー》】」

動きの止まったラビリスに数百の風の矢を放つ。

が、ラビリスは翼を力強く動かしてそのすべてを避けきってみせた。やはり呆れるほどのスピードだ。

忌々しそうにラビリスが呟く。

「……この結界は俺に速度を出させないためのものか」

「その通り。お前は確かに速い。だが、初速から音速を超えるわけではないだろう」

「……」

「お前が最高速度に達するには、ある程度の〝助走〟……というよりは〝助飛行〟が必要になる。【絶界聖堂】内では端から端まで使っても足りまい」

そしてスピードが落ちれば【探知《ソナー》】で魔力反応を追うくらいのことはできる。

「猿知恵《さるぢえ》が！　この程度で俺の速度を殺せると思うな！」

そう吠えたラビリスが聖堂の外周に沿って高速飛行を開始する。

ドームに沿うように螺旋状の軌道で飛び、加速していく。俺の目ではもう捉えられない。五感に頼らない【探知《ソナー》】ですらラビリスの動きを追うことができない。

……これはまずいな。

ドウッ！　という音とともにラビリスが俺目がけて突っ込んでくる。

文字通り、〝音とともに〟だ。

音が聞こえた瞬間には、ラビリスの魔手が目の前にあった。

「【風膜《ヴェールウインド》】！」

風の膜を張りラビリスの速度を抑える。

これだけではラビリスの突撃の威力をわずかに下げることしかできない。

しかし俺の狙いは、俺自身の体を後ろに押し流すことだ。

「【嵐壁《ストームウォール》】」

さっきと同じようにラビリスの攻撃を防ごうとして――

「チッ……」

うまく防ぎきれない。

【嵐壁《ストームウォール》】すら突破してきたラビリスの光刃が俺の体を捉える。咄嗟に張った【障壁《バリア》】ごと俺は吹き飛ばされた。

厄介だ。十分なスピードを得たラビリスはこれほどの攻撃力を持つのか。

「ははははははははは！　策を巡らそうと所詮その程度！　ニンゲンの浅知恵が通用するもの

か！」

ラビリスはその後も苛烈に俺を攻め続けた。

俺は【嵐壁《ストームウォール》】や【飛行《フライ》】、【風膜《ヴェールウインド》】といった魔術を駆使してなんとか凌《しの》ぐが、完全に防ぎ続けることはできない。

緑色の光刃が俺の体を少しずつ刻んでいく。

「死ねェえええええええええええええ！」

最高速度に達したラビリスが俺目がけて突っ込んできて――


突然、失速した。


「は……？」

困惑したようなラビリスの声。

俺は笑う。

ようやく来たか。

【破壊砲《ディストカノン》】」

ゴバッッッ!!　とどす黒い熱線がラビリスに直撃する。

「がぁあああああ!?」

ラビリスは全身を削られながら、後方へと吹っ飛んでいった。

高威力の破壊属性でも、魔人族の頑丈な体を一撃では倒せない。

それでも、今のはそれなりのダメージになったはずだ。

「なんだ……なんだ、これは⁉　どうしてこの俺がこんなにも遅く……ッ⁉」

愕然としたようにラビリスが叫ぶ。

「ラビリスよ、一つ問おう。この俺が――ジルダを倒したこの俺が、生半可《なまはんか》な策しか用意してこなかったと思うのか？」

「なんだと……？」

「お前の翼、風属性の魔素を使っているな？」

「！」

「見ればわかるぞ。お前の異常なまでのスピードは、単純な身体強化だけでは有り得ない。翼に風属性の魔素を取り込むことで、爆発的な推進力を得ている」

常に自分にだけ追い風を使っているようなもの、とでも言えばいいだろうか。

もっともその扱いはすさまじく高度だ。

人間がやろうとすれば、速度に肉体が耐え切れないような荒業《あらわざ》である。

そして、そこにつけ入る隙がある。

「この【絶界聖堂】は外部とのつながりを完全に断つ。ゆえにこの空間の中の魔素は限られているのだ。そんな中で風属性の魔素を使い続ければどうなるか？」

「――ッ、まさか、貴様」

「そう、お前の減速は、風属性の魔素がなくなったことによる必然だ」

この空間にいるのがラビリスだけなら、まだまだ風属性の魔素はなくならなかっただろう。

しかし俺は戦闘が始まって以降、ほぼ風属性の魔術のみで戦い続けていた。

俺とラビリス。

二人の使用者により、【絶界聖堂】内の風属性の魔素は急速に消費されていく。

「ニンゲンが……ッ！　貴様、最初からこれを狙っていたのか⁉」

「いかにも。お前はずっと、俺の手のひらの上で飛び回っていたに過ぎない」

すべて計算通り。

完璧だ……

戦術の組み立てすら十全にこなしてしまうのか、俺は。

「速度を失ったお前は、翼をなくした鳥も同然。無駄な足掻《あが》きはやめることだな」

「～～～～～～ッ、ふざけるな！　ニンゲンごときが俺を見下すな！　魔人族は魔界の覇者《はしゃ》！　絶対なる強者なのだ！　ニンゲン一匹に後れを取るなどあってはならない！」

ラビリスはゆっくりと翼を動かし、【絶界聖堂】の上部へと昇っていく。

しかしそのスピードは遅い。

やれやれ、まだ抵抗するか。

その気なら引導を渡してやろう。

そして俺は――その自分の認識が間違っていたことを知った。

「はぁあああああああああああああああああッ……」

ラビリスの唸り声に呼応するように、広げた翼が緑色の輝きを放つ。

……なんだ？

ラビリスの翼が光るなんて情報は得ていないぞ。

【雷槍《ライトニングスピア》】！」

咄嗟に俺は雷撃の槍を大量に放つ。風の魔素が切れた今、風魔術にこだわる意味はない。

発動が早く、威力のある雷魔術で叩き潰す。

しかしそれが到達する寸前、ラビリスの翼がひと際強く輝いた。

直後。

翡翠《ひすい》色の輝きが視界を埋め尽くした。

「――は？」

それは一つ一つが巨大な弾丸だった。翡翠色の弾丸が、雷撃の槍を蹴散らして俺へと殺到し、爆ぜた。

「がっ……!?」

俺は【絶界聖堂】の端に叩きつけられ、激痛にあえぐ。

なんだ？

なんだ、今のは？

「貴様ごときに……これを使うことになるとは」

苛立ったように呟くラビリスの姿は変わっていた。

翼の上部に左右三つずつ、空洞のある突起が生えていた。まるで砲《つつ》のようなそれが、さっきの翡翠色の弾丸を放ったのだろう。飛膜《ひまく》は翡翠色に輝いている。

俺はあることを思い出した。

ジルダには独特の二つ名があった。

〔盾《たて》〕と〔鎧《よろい》〕のジルダ。

やつの持っていた二つの能力を象徴するものだ。

もしかしたら、こいつにも二つの能力が……

「下等なニンゲンでありながら俺にこれを使わせたことを称えて、名乗ってやる」

吐き捨てるようにラビリスは告げた。

「我が名はラビリス。〔神速《しんそく》〕と〔弾雨《だんう》〕のラビリス！　偉大なる魔人族に盾突いた褒美《ほうび》だ――貴様の体が塵《ちり》になるまで、砲弾の雨をくれてやる！」

◇　◇　◇

一方その頃、帝都内部。

茶髪の魔導具技師、ロルフ・バル・コルトーは物陰に隠れていた。

『ウガァアアアアアアアアアアア！』

「ひいいいいい……！　絶対に絶対に僕には気付くなよぉおおおおお……！」

砂色の皮膚をしたサイクロプスが暴れている。

なぜかわからないが、数体のサイクロプスが魔導結界を外から突破してきたのだ。

彼らは街を好き放題に蹂躙《じゅうりん》している。

（こんなことになるなら、もっと早く逃げ出しておけばよかった……！）

最悪だ。

サイクロプスたちが街の門のそばに陣取っているせいで、迂闊《うかつ》に出ていくこともできない。

（せっかく脱出用の魔導具を作ったのに、意味ないじゃん！）

ロルフの手の中には拳ほどの大きさの玉がある。

これは帝都脱出用のアイテムだ。ちなみにロルフの自作である。

この玉を使えば一度きりではあるが、魔導結界を中和して外に出ることができる。


ロルフは――最初から、〔隔絶〕の魔導結界を信用していなかった。

生来のネガティブな性格により、彼は「あれ？　これ結界装置を魔族に乗っ取られたら逆に閉じ込められそうじゃない？　もしかしてヤバい？」と最悪の展開を予想していた。

そのため何度も結界装置の設置場所に足を運んで仕組みを分析し、有事の際に帝都を脱出できる魔導具を作った。自分一人だけでも安全な場所に逃げ出すために。

言うまでもないが、現在の帝都において、彼の魔導具が唯一の脱出手段である。

『――ガァ……？』

「わ……わァ……」

サイクロプスの一体と目が合った。

ロルフは冷や汗をだらだら流す。

どっか行って。見なかったことにして。後で全財産あげるから。

ロルフが神に祈った結果――

『ウガァアアアアアアアア！』

「ぎゃあああああああああああああああ!?」

当然のように叶わなかったのでロルフは逃げ出した。

けれど歩幅が違いすぎて一瞬で追いつかれる。

(あー死んだ！　絶対死んだ！　誰か助けてぇえええええええええええ)

がくがく震える中、サイクロプスが迫ってきて。

「【土造形《ランドフォーム》・ゴーレム】！」

『ウガァッ!?』

突如現れたゴーレムがサイクロプスに組み付いた。

しかしゴーレム一体ではサイクロプスの動きを止められない。

「ソフィちゃん、お願い！」

「はぁ～あ……私は我が主《マイロード》に勝利を献上《けんじょう》できなかった身……なんかもう色々どうでもいいんですけど」

「ソフィちゃん、本当にお願い!!　もうゴーレムもたないから！」

「はいはい。わかりましたよ。三位の私は優勝者のアガサ様の言うことを聞きますよ」

「いつまでそれ言ってるの!?」

ザンッ!!　という音と同時に、サイクロプスの片腕が切断された。

それをやったのは黒髪の小柄な少女だ。

さらに離れた位置には、ゴーレムを呼び出したらしい茶髪の少女もいる。

「君たちは……確か魔導演武の学生部門に出てた子たちだっけ？　助けに来てくれたのかい!?」

「まあ一応。寝てたのにドカンドカンうるさかったので黙らせに」

そうに応じたのは黒髪の少女、もといソフィ。

彼女と親友のアガサは、帝都内に宿を取っている。寝ているところを騒音で叩き起こされて、ソフィは機嫌が悪いのだった。

『ガァアアウ……』

サイクロプスは恨みのこもった目で三人を見下ろす。

「しぶといですね」

「仕方ないよ……サイクロプスって、Aランクの魔獣の中でも特に強いって聞いたよ。なんでこんなにたくさんいるんだろう……」

面倒くさそうに言うソフィにアガサがそう応える。

「先に言っておくよ君たち。僕は――弱い。戦いになったら是非僕を庇ってね。土下座でもなんでもするから」

「クズですね」

「あの、こう言ったらなんですけどわたしたちより年上の方ですよね……？」

ロルフの言葉にソフィとアガサがそれぞれの反応を返したところで。


『ゲエッゲエッゲエッゲエッ……』


地獄の底から響くような禍々しい声が聞こえた。

続いて、いきなりかぼちゃが飛んできて、空中で巨大化する。

直径二十Mほどになると、かぼちゃはぱっくり開いた口でサイクロプスの頭部をかじり取った。

『――――!?』

一拍遅れて頭部を食われたサイクロプスが地面に崩れ落ち、絶命した。

「「「……え？」」」

呆然とするロルフたち。

『ハグッ……ガブッ、ハヒ、ゲヒヒヒヒッ……』

おぞましい声で笑う単眼のかぼちゃのような魔獣。

子どもが見たら数日は悪夢にうなされるであろう光景だった。

アガサが気付く。

「あ、あれ、もしかしてサーシャ先生の……？」

それに応じるように、ぱたぱたと桜色の髪の少女が駆け寄ってくる。

「こんばんは、アガサさんとソフィさん。ご無事ですか？」

やってきたのはサーシャだった。

アガサが目を潤ませる。

「やっぱりサーシャ先生！　あ、ありがとうございます！　助けていただいて……！」

「ふふ、お礼ならガブちゃんに言ってあげてください。わたし、この子に起こしてもらうまでぐっすり寝ていたので」

「この騒ぎの中でですか……!?」

「――お久しぶりですサーシャさん。このような時ですが、僕ロルフ・バル・コルトーは美しいあなたと再会できたことを喜ばしく思います」

唐突にいい声になってサーシャの手を取ろうとするロルフ。

「急に豹変《ひょうへん》しないでください。下心が透けて見えてますよ見知らぬ人」

「いだだだだだ！」

ソフィは彼の反対側の手を掴み、ぎりぎりと捻って引き離そうとする。

すると、コロン、と音を立ててロルフの手から魔導具の玉が落ちた。

「？　なんですか、これ」

「あばぁああそれ返してぇ！」

それを拾い上げたソフィにロルフが突進するが、ソフィは反射的にひょいと避ける。

「なんなんですか一体……」

「ソフィちゃん、さすがに人のものを取ってもてあそぶのはよくないよ」

「別にもてあそんでいるつもりはないんですが……アガサの言う通りですね。すみません。これは返しま――」

「その魔導具は帝都の中から脱出するためのものなんだよ！　しかも一人しか使えないから、絶対に誰かに渡すわけにはいかない!!」

「「「！」」」

ソフィ、アガサ、サーシャの三人が動きを止める。

アガサがぽつりと言った。

「……ねえ、ソフィちゃん。ここに来る途中、魔導結界がおかしくなったって聞いたよね？」

「そうですね。なんでも帝都の外に出られなくなっていると」

「もしかして、その玉があれば帝都から出られるようになったりするんでしょうか〜？」

サーシャの言葉にソフィとアガサは真剣な顔になった。

それから三人は無言で街の中央……〈賢者〉たちが詰めているはずの建物に向かって走り出す。

「ちょっ⁉　待ってよ！　その魔導具は僕が――！」

「さようなら見知らぬ人！　これはあなたの命のお代ということでもらっていきますね！」

「えええええ⁉　それはひどくない⁉　ねえ！　ねえってば‼」

ロルフは必死に追いかけるが、まったく追いつけない。

「なんでこうなるのさああああああ⁉」

置き去りにされたロルフは、その場で半泣きの絶叫を上げるのだった。

◇　◇　◇

「どうなさるおつもりですか、〈賢者〉様！」

帝都中心部では、集められた魔導士の一人が〈賢者〉に対応を問うていた。

「サイクロプスが二十体近くも放たれています！　すぐに向かわなくては……」

「いや、駄目だ。現場にも反撃は控えるよう呼び掛けたほうがいいだろうね」

「なぜですか⁉」

食ってかかる魔導士に、〈賢者〉は答えた。

「オーギュストの張った裏結界の効果は、僕たちを閉じ込めることだけじゃない。少し考えてみるといい。Aランク最上位とはいえ、サイクロプス二十体で帝都を落とせると思うかい？　ここには大魔導士三人と〈賢者〉の僕、さらに幻獣騎士団の隊長たちも揃っているのに？」

「……それは」

魔導士が勢いを失う。

〈賢者〉の言葉を聞き、ユグドラが口を開いた。

「なるほどのう。どうやらこの魔獣の襲撃目的は、妾たちに魔素を消費させることのようじゃな」

「正解だよ、ユグドラ」

〈賢者〉は頷く。

「裏結界は対ラビリス用に用意されていた結界とは異なり、魔素を一切通さない。裏結界の中で消費された魔素は二度と補填《ほてん》されないんだ。考えなしに魔術を乱発すれば、裏結界を破るための魔術に魔素がまわせなくなる」

「――!?」

〈賢者〉の言葉は、オーギュストとラビリスの狙いを正確に見抜いていた。

裏結界の外でウィズがラビリスにしかけたのと同じ戦術。

魔素の消費を促《うなが》し、相手の戦力を削ぐやり方だ。

「サイクロプスは囮だよ。敵の狙いは僕たちの魔素切れだ」

「で、ですが……このままサイクロプスを放置すれば帝都の被害は広がる一方です！」

「当然それを見過ごす気はないよ。ただ、裏結界を解くには相当な魔素が必要になりそうだからね……」

〈賢者〉はぐるりと周囲を見回す。

彼の目は特異体質により、一般人には見えないものも見える。それを利用し彼はすでに裏結界の解除魔術の術式を組み上げ終えている。

しかし結界を破るには時間がかかる。裏結界の解除に入る前に、一つだけやりたいことがあるのだが――それには魔素が足りない。

「失礼します！〈賢者〉様はいらっしゃいますか⁉どうしてもお目にかけたいものが！」

〈賢者〉の思考に割り込むように、少女三人が飛び込んできた。

「なんだ君たちは⁉」

「今どれだけ重要な会議が行われているかわからないのか⁉」

魔導士たちが声を上げる中、〈賢者〉は気付いた。この三人には見覚えがある。

「そっちの二人は、魔導演武の学生部門で表彰されていたね。確か名前はソフィとアガサだったかな？もう一人は……エイゲート卿の娘さんだね」

ソフィ、アガサ、サーシャは短く挨拶を返す。

それからソフィが手に持ったものを差し出した。

「会議を中断させてしまい、申し訳ありません！しかし〈賢者〉様に、この魔導具をどうしてもお届けしたく……！」

「魔導具、か。一体どんなものだい？」

「この結界から脱出するためのもの、だそうです。効果は一度きりのようですが」

「「「――!?」」」

ソフィの言葉に、その場の全員が目を見開いた。

そんなことは有り得ない。裏結界を解除できる人間はすでにいないはずだ。

けれど、もしそれが本当だとしたら？

〈賢者〉はその玉を見た。

粗削りではあるが……その魔導具には、確かに裏結界を中和する効果があった。

「あははははっ！　これは凄いよ！　君、どこでこれを手に入れたんだい？」

「見知らぬ人から譲り受けました。助けてくれたお礼だと快く渡してくれましたね」

ソフィがしれっと答えるとアガサが「ええ……」という顔をするが、彼女は気にしない。

〈賢者〉はその玉を受け取った。

「そうか。とにかくありがとう、三人とも。君たちのおかげでなんとかなりそうだ」

魔導士の一人が声を上げる。

「お待ちください、〈賢者〉様！　このような少女たちの言うことを信じるというのですか!?」

「もちろん調べたさ。僕の特異体質《眼》でね。その結果、この玉のような魔導具には彼女たちの言った通りの効果があった……信じられないことだけどね。これを作った人物は先見の明と、魔導具作製の素晴らしい才能があるようだ」

「そ、そんな人物が――!?」

「ああ。もったいないな。この場にいたら即座に昇級を言い渡しただろうに」

「「……」」

〈賢者〉の褒め言葉に微妙な顔をするソフィとアガサ。

彼女たちの頭には、泣きながらサイクロプスから逃げまどう少年の姿が思い浮かんでいる。

あの少年に先見の明とか素晴らしい才能があるとか、なんだか信じられない。

ちなみにサーシャは「ガブちゃん、さっきご飯は食べましたよね？　大人しくしてくださいっ」と、再度サイクロプスの殺戮《さつりく》に向かおうとするガブを止めていた。

それまで黙っていた〔雷帝〕が口を開く。

「脱出用の魔導具が手に入ったのは喜ばしいですが、それを誰が使うのですかな？」

「ああ、それは決めてるよ——ユグドラ、君に預ける」

「妾か？」

きょとんとするユグドラに、〈賢者〉は玉を渡す。

「理由はいくつかある。まず、結界の外にはラビリスがいる。あの魔族の狙いはおそらく臨時街だ。少なく見積もっても……そうだな。この時点で千人は殺されているだろう。君の魔術が必要だ」

〈賢者〉は裏結界の解除と並んで、ユグドラを一刻も早く帝都の外に出すことが重要だと考えていた。彼女がいるかいないかによって、ラビリスによる犠牲者の桁が変わる。

ユグドラ一人を外に出す魔術は裏結界の解除とは別物になるので、どうやって必要な魔素を捻出しようか考えていたが……三人の少女が持ち込んだ魔導具がその問題を解消してくれた。

「……」

「それに、臨時街にはウィズ・オーリアを配置している。彼の性格からして、すでにラビリスと交戦している可能性が高い。ジルダを下した彼でも、ラビリスを倒せるかは怪しいと僕は思っている。彼はラビリスと相性が悪いからね」

「…………」

ユグドラは〈賢者〉を睨んだ。

「……お主、最初からこの展開を読んでおったのか？」

ウィズを第一臨時街に配置したのは〈賢者〉。そしてユグドラは人間嫌いだが、ウィズのことだけは大切に思っている。彼が魔族と戦っていると聞かされれば行かずにはいられない。

〈賢者〉は真剣な顔をした。

「頼むよ、ユグドラ。この魔導具は一人だけしか使えない。君の結んだ〝契約〟の内容からズレることは理解しているけど、どうしても君の力が必要なんだ」

「……………はぁあああああ……」

ユグドラは溜め息を吐いてから頷いた。

「仕方ないのう。ああ憂鬱じゃ。なーんで妾が……」

「いい加減にせんか、ユグドラ。〈賢者〉様の命令であるぞ」

額に青筋を浮かべるクロムに、ユグドラは舌を出して挑発する。

「妾は別にそやつに忠誠とか誓っとらんしー。はー面倒くさい。どっかのぽんこつ〔雷帝〕がラビリスを片付けといてくれれば楽ができたのにのう。はーあ。つっかえんのー」

「ぐっ、き、貴様ァア……」

「あのーユグドラさん……それ僕にも刺さるので……やめてもらっていいですかねー……」

「ふん、知ったことではないわ」

ユグドラはクロムとヨルを煽って八つ当たりをした後、すたすたと出口に向かっていった。

「――呑気に歩くな馬鹿者ォおおお！　今がどういう状況かわかっているのであるか!?」

「聞こえんのー。妾耳が遠いから全然聞こえんのー」

「〈賢者〉様！　儂にあやつを叩きのめす許可を！」

「んー、裏結界の中の魔素が減っちゃうから駄目」

ユグドラの態度に苛立つクロムを〈賢者〉がたしなめる。

「……アガサ。私たちは今もしかして魔導士協会の真の姿を見ているのかもしれません」

「……なんだろう……凄く威厳のある人たちだってわかってはいるんだけど……」

ソフィとアガサは困惑したようなやり取りを交わしていた。

そんな会話を挟みつつも〈賢者〉はようやく動き出す。

「さて、それじゃあ僕は裏結界をどうにかしようかな」

◇　◇　◇

「おい、こっちだ！　人を寄越せ！」

「瓦礫《がれき》をどけねえと……せえのっ！　ああ、生きてる！　おい、大丈夫か⁉」

冒険者のデカンとガイルーは第二臨時街で救助活動を行っていた。

彼らがいたのは第一臨時街だが、第二臨時街のほうからすさまじい物音が聞こえて異変に気付いた。

それはいくつもの建物が水平に斬られて倒壊する音だった。

彼らは何事かと好奇心半分でそこに駆け付け、二つのものを見た。

一つは謎の白いドーム状の空間。そしてもう一つは――百人以上の死傷者。

デカンたちは慌てて救助を行いながら、被害者から事情を聞いた。


――最初は何があったかわからなかった。

――けど、剣を持った女魔導士との戦いの中で、一瞬だけ姿が見えた。

――見たこともない大きな魔獣で、そいつが有り得ない速度で動き回り、妙な術で建物を中の人間ごといっぺんに切り裂いた。


そう話した青年は両腕の肘《ひじ》から下がなかった。

「おい、有り得ねえぞ……どんな化け物が来たらこんなことになるんだ」

デカンは背中に冷や汗を流す。

切り裂かれ、倒壊した建物は数十。

さらに鋭利な刃物で切られたような者が百以上。

これがたった数分で行われたというのだから意味がわからない。

ただ一つわかるのは、この場にいれば自分も危ないかもしれないということだけ。

「だからって見捨てられるかよ……！」

第二臨時街には、デカンたちの知り合いの冒険者が何人もいた。

彼らは倒壊《とうかい》した建物の中にいるかもしれない。

「もういい……俺たちのことは放って逃げてくれ」

瓦礫に埋まる男が救助活動を行うデカンに告げる。

「ふざけんな！　見捨てて逃げられるかよ！」

「なぜだ……？　俺たちは他人だろう」

普段のデカンならとっくに逃げていたはずだ。

第二臨時街は被害に遭《あ》ったが、自分たちは無事だ。

ならば、その幸運に感謝して逃げ去って自分の身を守る。それが冒険者なら当たり前のことだ。

だが、デカンは汗を撒《ま》き散らしながら叫んだ。

「他人だからどうした！　俺はなあ、とっくにくたばってるはずだったんだよ！　けど、助けられた！　だから、俺を助けてくれた恩人に顔向けできねえ生き方はしたくねえんだよ！」

砂色のサイクロプス。さらに酒場で絡んできた魔導兵たち。窮地に陥ったデカンたちは二度も白髪の魔導士に助けられた。

だからこそ、彼にならってここは引かない。

理屈ではなく、彼らはそれを選んだ。

その時――ガラッ、とデカンの頭上で不吉な音がした。

「――ッ!?」

崩れかけの建物の一部が、バランスを崩して傾く。このままだとデカンは生き埋めだ。

逃げられない。

デカンが絶望したのと同時。


「……まったく、予想通りすぎてうんざりするのう」

いきなり伸びてきた巨大な木の根が瓦礫を支え、崩落《ほうらく》を防いだ。


「――」

デカンはそこにいた人物を見て目を見開いた。

金色の美しい髪の少女だ。

小柄で華奢《きゃしゃ》なのに、威厳すら感じる悠然とした立ち姿。

何より目を引くのは木の葉《こ　は》形にとがったその耳だ。エルフの女性――ユグドラは周囲を見回した。

「死体と怪我人がうようよしておる……ああ、気分が悪い。百年前を思い出す」

「あ、あんた……ユグドラか!?　助けてくれたのか!?　ありがとう!」

砂色のサイクロプスの一件で、ユグドラと知り合っているデカンは親しげにお礼を言う。

だが、反応は予想外のものだった。

「……」

ユグドラはデカンの言葉にスッと目を眇《すが》めると、無造作に手を払った。

地面から伸びた木の根がその動作に合わせて鞭のようにデカンを吹き飛ばす。

「がぁっ⁉　な、なんで……」

「妾に話しかけるな、人間。妾はお主らが根本的に嫌いじゃ」

「どういうことだよ……だって、護衛した時は話してたじゃねえか」

「ただの気まぐれに過ぎん。これからすることも含めてな」

混乱したデカンの嘆きにも、ユグドラは冷たい態度を崩さない。

やがて彼女は目を閉じると、静かに声を発した。


「――すべてを生みし母なる聖木《せいぼく》、その奇跡の一端を授けたまえ」


詠唱魔術。

魔導士が見れば、驚くだろう。

無詠唱魔術を扱えるユグドラが詠唱を行うことなど滅多にない。それはユグドラが今構築している魔術が、詠唱による補助が必要なほど複雑であることを示している。

「同胞《どうほう》は骸《むくろ》となれどいまだ朽ちず、その血肉を以《もっ》て因果を知る。過ぎし年月、描きし空想、負いし傷、紡ぎし縁《えにし》。無窮《むきゅう》に散りゆくかけらに根を伸ばし、再び一つの珠《たま》とならん」

「……ッ」

デカンは息を呑んだ。

ユグドラが詠唱を続けるうちに、周囲に変化が起こったからだ。

第二臨時街のあちこちにいる怪我人や死人の近くに、白い光の玉が生まれた。

それは蛍《ほたる》のように淡く輝き、優しく周囲を照らしている。幻想的なその光景はこの世のものではないかのようだった。

「忘れることなかれ。失うことなかれ。器《うつわ》は欠けず、玉響《たまゆら》の眠りは今破られる」

ユグドラが詠唱を進めるたびに風が鳴り、大地が揺れる。

荒れ狂う魔素の奔流《ほんりゅう》を意のままに操りながら、詠唱の最後の一節が紡がれる。

「聖大樹《せいたいじゅ》の息吹をここに」

ユグドラが目を開くと、彼女を中心にまばゆい光が周囲に満ちた。

「――【生命再生《リザレクション》】」

詠唱が終わった瞬間、第二臨時街のあちこちで声が上がる。

「あ……？」

「なんだ、これ。腕が……生えた!?」

「こっちもだ！　あ、有り得ねえ！　今にも死にそうだったやつが息を吹き返しやがった！」

デカンもそれを見た。近くで確かに死んでいたはずの人間が――生き返ったのだ。

「怪我人も、死人も、元通りにしちまったってのか……!?」

【生命再生《リザレクション》】。

世界でユグドラただ一人にしか使えない、死者蘇生《ししゃそせい》の効果を含んだ回復魔術だ。

この魔術には、効果範囲内の者を生死問わず五体満足の状態に戻す効果がある。死者の蘇生はある程度原形を保った死体でないと不可能だが……それでも破格の効力と言える。

ユグドラはこの魔術によって、異邦の出でありながら大魔導士となった。

彼女が魔導法に縛られず自由に動けているのも同じ理由である。彼女は当時の皇帝と、〝皇室の人間が不慮《ふりょ》の死を遂げた時に蘇生させること〟という契約をして帝国に受け入れられたのだ。籍こそ魔導士協会に置いているが、彼女は実質的には独立した立ち位置である。

「聖女様！」

「ああ、まさにそうだ！　あんたは聖女か……そうでなきゃ女神様だ！」

感謝の言葉を並べてくる者たちに、ユグドラは侮蔑《ぶべつ》の視線を向けた。

「寄るな、汚らわしい人間ども。妾がそばにいるのを許した人間はただ一人じゃ」

「「……!?」」

絶対零度《ぜったいれいど》の台詞に硬直する民衆を尻目に、ユグドラは【疑似転移】でそこから去った。

移動先はそこから離れた高台だ。

【絶界聖堂】が見えるくらいの距離ではあるが、第二臨時街にいた人々からは見えない位置。

ユグドラは溜め息を吐いた。

「……はぁ、人間の前であれは使いたくなかったというのに……というかなんでデカンとガイルーまでおるんじゃ。あれでは妾、めちゃめちゃ意味不明な女ではないか」

ユグドラはぶつぶつと愚痴《ぐち》を並べる。

さっきのユグドラの態度は演技だ。なぜそんな態度を取ったかというと――

「まあ、仕方ない。死者の蘇生ができるなどと噂が立てば、また妾のもとに愚民どもが押し寄せてくることじゃろうて。せっかく百年経って、そのことを知る者も減ってきたというのに……」

……つまりそういうことだった。

百年前の魔人族との戦争で、ユグドラは【生命再生《リザレクション》】を使った。

そして盛大なトラブルに見舞われたのだ。

それ以降ユグドラは山にこもって出てこなくなった。

再びあのようなことを繰り返すのは望ましくない。

ユグドラは意識を切り替えて、【絶界聖堂】を眺める。

「近くに行ってわかったが、そこにおるんじゃろ、ウィズ……無事でおってくれよ。怪我ならいくらでも治すが、心までは妾ではどうにもできないんじゃからな」

ユグドラはいつでも戦闘に参加できるよう準備しながら、愛する弟子を心配するのだった。

◇　◇　◇

砲弾の雨が降る。

「ちっ……」

【障壁《バリア》】を二十枚重ねて張るが、なんの役にも立たない。

一瞬で障壁はすべて破壊され、翡翠に輝く光弾がなだれ込む。すさまじい音とともに光弾は爆ぜて俺を吹き飛ばした。

「ッ……！　【緩衝苔《バファーモス》】！」

樹属性魔術で咄嗟に後方にクッションを作り、その中に突っ込む。

だが焼け石に水だ。

「がっ！」

衝撃は殺しきれず、俺は背中から【絶界聖堂】の壁に叩きつけられて血を吐いた。

……ダメージを負うのなんていつぶりだ？

この俺が傷を負わされるとはな……

「はははははははははははははは！　どうした、ニンゲン！　さっきまでの饒舌《じょうぜつ》が嘘のようではないか！」

宙に浮いたまま高笑いをするラビリス。

「……随分便利な奥の手だな、ラビリスよ。風属性の魔素を使うたびに蓄力《チャージ》される大砲とは」

ラビリスの二つ目の能力を俺が告げると、正解とばかりにラビリスは笑みを深めた。

「そうだ！　俺の翼は俺が加速した回数だけ力を蓄える！　そしてそれを増幅《ぞうふく》し、高速で撃ち出すのだ！　ニンゲン一匹殺すには過ぎた力と言えよう！」

ラビリスの翼はおそらく、やつが飛行に用いた風属性の魔素の一部を溜めている。それを使って超高威力の光弾を生成しているのだ。

厄介なことに、あの翼には溜め込んだ魔素の力を増幅する効果があるらしい。

溜め込んだ魔素をわずかに使うだけで光弾を作ることができ、変形した翼の突起は光弾の速度を爆発的に高める。結果、弾数と威力を両立させた砲弾が飛んでくる。

「この結界の中では逃げ場もあるまい！　だが結界を解くことは貴様にはできないはずだ！　なぜなら、貴様は俺の速度を何よりも恐れている！」

「……」

仮に俺が【絶界聖堂】を解けば、弾幕を避けることは可能だがそれでは意味がない。

代わりに、音速飛行を行うための風属性の魔素を補充されるだけだ。そうなれば高速機動と弾幕によって削り殺される。

「さあ次だ！　逃げまどえニンゲン！　死の寸前まで俺を楽しませろ！」

翡翠色の光弾が一方的に叩き込まれる。

雨どころかもはや嵐だ。視界を確保できない中、【探知《ソナー》】の情報を頼りに少しでも弾幕の薄いほうへと逃げる。

しかしそれもその場凌ぎに過ぎない。

【雷槍《ライトニングスピア》】。

相殺《そうさい》しきれない。

【石壁《ストーンウォール》】。

突破される。

【反転障壁】。

間に合わない。

「がふっ……」

くそ、回復する隙がないな。血が減って頭が回らなくなっていく。

……どうして最近の俺はこう、相性の悪い相手とばかり戦わされるんだろうか。〔水精〕もそうだが、速度と手数でごり押ししてくる相手は俺にとって天敵だ。今後の課題というやつだな。

「俺から目を逸らす余裕があるのか？」

弾幕に紛れて至近距離に迫っていたラビリスが、俺の腹を殴りつけてくる。

俺はそれをもろに食らって吹き飛ばされた。

「がは、ごふッ！」

あまりの衝撃に咳き込む。

まずい、骨を折られた。

集中が乱れれば一気に殺される。俺は痛みを意識の外に追い出そうと試みる。

「はは、ははは……この程度で俺を倒せると思ったのか？」

ゆっくりと立ち上がる俺に、ラビリスは不快そうな顔をする。

「鬱陶しい……まだ立つか」

「当然だ……俺は未来の〈賢者〉だぞ。こんなところで負けるわけがない」

「そうか」

もはや作業のようにラビリスが光弾を飛ばしてきた。

なけなしの障壁はあっさり破られ、また吹き飛ばされる。

転がった先はエンジュのすぐ近くだった。

「……どうして？」

「……何がだ」

立ち上がりながら聞くと、エンジュは力なく言った。

「もう無理よ。あんな化け物を倒せるはずがないわ。速度も威力もある連射砲撃なんて、どうしようもない。こっちから近づくこともできないんだから」

「……」

「大体、考えてみれば当たり前のことよね。魔族は当時の魔導士たちを何百何千も殺したと言われるような存在なんだから、いくらあんたが強くたって勝てる見込みなんてなかったんだわ。ジルダが目覚めたばかりだって話も今となっては疑いようがない」

「…………」

「最初から勝ち目なんてないのよ。だって生物としての強度が違うんだもの。どれだけ私たちが立ち向かったところで、それは悪足掻きにしかならない。なんの意味もない自殺行為ね。惨めなだけよ」

溜め込んでいたものを吐き出すように、エンジュは言葉を連《つら》ねた。

それから俺を見た。

「……だから、もうやめたら？　これ以上傷つく意味なんてないでしょう？」

もう楽になれ、と。

視線でそう訴えてくるエンジュに、俺は問うた。

「それでお前はいいのか？」

「何よ、それ。いいのかって……仕方ないでしょう？」

「理屈など知るか。勝てないことが諦める理由になるのか？　自分より強い相手には挑まないのか？　エンジュ、お前はなんのために強さを求める？」

「それは……」

答えに窮するエンジュに、俺はさらに続けた。

「強さなど手段に過ぎない。どれだけ強かろうと、ただの武力に価値はないのだ。理想のない努力は時間の無駄と言う」

賢者哲学その二、理想に殉《じゅん》じよ。

強くなるのも戦うのも、一つの理想のためだ。

「――ッ、なら、あんたはなんのために強くなりたいのよ！」

「〝絶対の英雄〟になるためだ」

即答する。

「魔術の腕だけでは足りない。俺の名を思い浮かべるだけで、すべての民が震えを止めるような――そんな魔導士になると俺は心に決めている」

十二年前、故郷が滅んだ時。

俺は本能的に張った【障壁《バリア》】で自分の身だけを守った。

結果として俺は助かったが、果たしてそれは正しかったんだろうか。

俺があの魔獣に立ち向かっていたら、誰か一人くらいは生き残れたんじゃないのか。

「どれだけ俺が強くなろうと、救える範囲には限度がある。だから民の一人一人が悪意に抗わなくてはならない。勇気を振り絞って、目の前の脅威に抗わなくてはならない」

かつての記憶を思い出しながら、俺は原初の望みを口にする。

「俺の存在はその一押しでありたい。『最強の魔導士ウィズ・オーリアは必ず来る、だから絶対に希望は捨てない』……そう思われるような、絶対的な存在に」

俺が駆け付けられるならいくらでも助ける。

だが、間に合わない場合もある。

その時は民衆に自らの力で立ち向かってもらう。

時間さえ稼げばいい。

あとは俺が――あるいは他の魔導士でもいい。力ある者が悪意を叩き潰す。

俺の故郷を壊したような〝悲劇〟の撲滅《ぼくめつ》。

誰もが理不尽に奪われない世界。

それが俺の抱く理想だ。

「ラビリスを逃がせば大勢が死ぬだろう。ここで絶対に倒す。諦める選択肢など、俺には最初からない。勝てるか勝てないかなど二の次だ」

「何よ……それ……」

エンジュは呆然と呟いた。

「……お前はどうも不調だな。うだうだ悩むタイプか、まったく」

「う、うるさいわね」

「まあいい。お前にも剣を取った理由くらいはあるだろう。せいぜいそれを思い出しておけ――俺の最高に気高い後ろ姿を見ながらな！」

ローブをはためかせ前に出る。

折れた骨がすさまじく痛むが、絶対に表情には出さない。

「さて。待たせたな、ラビリスよ」

ラビリスはにたりと笑った。

「最期《さいご》の会話はそれでいいのか？　貴様はもう限界だろう、ニンゲン。次で終わりだぞ」

「いいや、勝つのは俺だ」

怪我は治さない。【絶界聖堂】の中の魔素は限られている。治療のために魔素を消費すれば魔素が足りなくなるかもしれない。

「だが――次で戦いが終わるという点には同意する」

俺がそう口にした瞬間――


ラビリスの体が炎に包まれた。


「ぐぉっ……!?」

「飛んでいるからと油断したな？　魔術の発動箇所は俺の手だけではないぞ」

魔術の遠隔発動。

これなら空中のラビリスにも、死角から魔術を撃ち込める。

「ぐっ……こんなもので！」

「ああそうだ。こんなものではまだ終わらん」

俺が手を広げると、結界内に数十に及ぶ光の球が生まれた。

ラビリスが愕然とする。

「まさか……このすべてが……!?」

「そう、戦いの中で俺が設置した魔術だ」

「馬鹿な！　そんなことができるはずがない！」

「フッ、天才たる俺に常識が通じると思うな……ああ、一つ言っておいてやる。この一連の攻撃で【絶界聖堂】内の魔素は尽きる」

「……何？」

「次で戦いが終わると言っただろう？　すべて凌げばお前の勝ち、仕留めれば俺の勝ちというわけだ」

ラビリスとの戦いの中で相当な量の魔素を使った。

もうこの空間内に俺が長々と戦えるだけの魔素はない。

これで最後だ。

「さあ、よく見ておけよラビリス。一つでも魔術の発動を見逃せば、それがお前の最期となる」

しかけた魔術を発動させる。

「舐《な》めるなぁぁあああああああああッ！」

雷撃が、火炎が、氷槍が、樹の杭があらゆる位置からラビリスに襲い掛かる。

「この程度……撃ち落とせんと思うのか！　この俺に！」

ラビリスは弾幕を張ってそれらの魔術を防ぐ。

だがそれも一方向のみだ。

そして俺は全方位に魔術を配置している。

破壊属性の衝撃波が虚空から発生する。

「……ッ」

ラビリスは迎撃できないそれを、魔素を用いない飛行によって回避した。

よく見えている。

当然か。あいつは音速飛行の中で敵を正確に狙うことができる。動体視力がずば抜けているんだろう。

「おおおおおおおおおおおおお！」

砲撃で一面を制圧、残りを飛行能力で回避。

その繰り返しでラビリスは俺のしかけた魔術をかいくぐる。

やがてすべての魔術が発動し終えた時、ラビリスは――俺の目の前にいた。

「はは、ははははははは！　耐えきった！　これで終わりだ、ニンゲン！」

「そうだな。これで終わりだ」

「負け惜しみを――ッ⁉」

ジャラララララッ！　という音を響かせ、ラビリスの真下から伸びた聖属性の鎖《くさり》がその体を捕らえた。

「なんだこれは⁉　う、動けん……ッ⁉」

「【聖鎖《ホーリーチェーン》】。魔人族のお前たちに特別強くはたらく鎖だ。簡単には抜け出せんぞ」

「馬鹿な……俺は一つとして魔術の予兆を見逃さなかった！　それがなぜ！」

「これは設置型魔術だ。俺の意思ではなく、誰かがこれを踏んだ瞬間に発動する罠のようなものでな。魔術の遠隔発動と違って発動の気配がほとんどしない」

今までラビリスは発動のわかりやすい、遠隔発動の魔術ばかり見ていた。

だから設置型魔術を見落としたわけだ。

また、【聖鎖《ホーリーチェーン》】は必要な魔素を作り出すのに手間がかかり、音もするから避けられやすい。不意をつくには設置型で仕込んでおくのが最適と言える。

「……ッ、だとしても、貴様はなぜここに罠を設置した!? 俺が砲撃で貴様を仕留めようとする可能性も、他の角度から貴様を殴り殺す可能性もあったはずだ！」

「いいや、そんなものはない」

「なぜ断言できる!? 貴様に俺の何がわかる！」

ラビリスの問いを、俺は一笑に付した。

「――すべてだ。お前の思考はもう把握した」

「なんだと……？」

「緊急時にどの方向に逃げるのか。どんな攻撃手段を好むのか。敵に接近するならどの角度から切り込むのか……すべてわかった。〝最短距離で〟相手に近づき、接近戦をしかける癖《くせ》も含めてな」

ここまで戦ってきてラビリスの行動にはある程度の共通点が見えた。

さっきの一連の魔術はその検証も兼ねていた。

だからこそ俺は自分の目の前に【聖鎖《ホーリーチェーン》】を設置したのだ。

「馬鹿な……そんなことが、できるはずが……」

愕然としたように呟くラビリス。

「ラビリスよ。お前は強いが、所詮は生まれ持った能力任せだ。お前は〝考察〟を怠《おこた》った。己より強い敵と戦う際に必要な牙を研《と》いでいなかった。その程度の覚悟では俺には絶対に勝てん」

魔素合成を行う。

水＋樹で治癒属性、治癒＋水で浄化属性、治癒＋浄化で聖属性。

この最後の一撃のために温存していた【絶界聖堂】内の最後の魔素を使い切る。

……まったく、本当にギリギリだ。体の治療をしなくて正解だったな。治癒属性の魔素を自分に使っていたら、足りなくなっていたぞ。

「終わりだ、ラビリス。次の眠りは二度と覚めない。自らの罪を夢の中で悔い続けろ」

「有り得ない！　この俺がニンゲンごときに――！」


「【聖光衝撃《ホーリーインパクト》】」


ドウッッ!!　という炸裂《さくれつ》音。

あたり一帯が衝撃で揺れ、ラビリスの体は消し飛んだ。

ジルダと同じく核石《かくせき》となったラビリスにすかさず封印を施し、懐に収める。

【絶界聖堂】を解く。ゆっくりと聖堂が消えた後には、星明かりの見える夜空があった。

俺は振り返り、呆然とこちらを見ているエンジュと目を合わせた。

「どうだ、エンジュよ。これがいずれ〈賢者〉に至る天才魔導士の戦いだ」

「――あんたは……」

エンジュは何かを言いかけ、黙り込む。

「なんだ？　俺の高潔《こうけつ》な立ち姿の美しさに声も出ないか？」

「……」

反応がない。

やれやれ、せっかく世紀の大決戦を間近で見られたというのにこのリアクション。

こいつは自分がどれほど素晴らしい観客席にいられたか理解してないのか？

「行くわ」

すっとエンジュは立ち上がってそう言った。

「は？　ど、どこにだ」

「第二臨時街での救助活動に帝都内の安全の確認。やることはたくさんあるでしょう」

まあ、それもそうか。

しかし急に元に戻ったな。本当にこいつはよくわからん。

「ウィズよ――――！」

唐突に現れたユグドラ師匠が抱き着いてきた。

おそらく師匠は近くにいて、【絶界聖堂】が解けたのを見てここに【疑似転移】で飛んできたのだろう。

「心配したのじゃぞ、まったく結界に魔人族とこもるなど恐れ知らずなことをしおって！」

ぎゅううう、と力を込めて抱き着いてくる師匠。

「師匠……」

「どうした、ウィズ？」

「そこに力を……入れられると……骨が折れているので……」

「なっ！　早よう言わんか！」

口から血を流しながら俺が言うと、師匠は慌てて治癒魔術をかけてくれるのだった。

第八章　ある少女の理想

「エンジュ。今日はお前に新たな技を教える」

五年前。

竜雪山の道場で、目の前の老人――〈剣聖〉は静かに告げた。

エンジュは緊張した顔で頷く。

「教える技は複合属性の付与だ。破壊属性、爆発属性、鋼属性……これらの魔術は強力だが、扱いが難しい。これをものにできればもう儂から伝えることはない」

複合属性の付与は〈剣聖〉流剣術で最も高度な技術だ。

これを習得しているのは、〈剣聖〉本人以外ではエンジュの兄であるレナードだけ。

彼より後に門下生となったエンジュも、ようやくそれを教えるに足る存在だと認められた。

「――いきます」

エンジュは剣を握る手に集めた魔素を操った。

合成経路は火＋雷。

破壊属性の魔素だ。

「……ッ」

単なる魔素合成ならエンジュはたやすくこなす。

しかし剣に纏わせるとなると簡単にはいかない。

集めた魔素の効果を高め、さらに圧縮して剣を覆う状態を維持する必要がある。

そのうえで、剣自体にダメージを与えないよう繊細《せんさい》な調整を施す。

これらを可能とするには、すさまじい精度の魔素のコントロールが必要だった。

ビシッ、と剣にヒビが入る。

「息を整えろ！　魔素の動きを決して手放すな！」

「は、はい……ッ」

必死に魔素を操る。

だが、思い通りにいかない。

(冗談でしょ!?　何よこれ、単属性の付与と全然違う……！　こんなのどうやったら制御できるのよ!?)

エンジュは魔素を必死に抑え込もうとするがうまくいかない。

やがてそれは最悪の失敗を招いた。

エンジュの髪が黒から緋色に変わる。魔素を抑え込もうと躍起《やっき》になるあまり、魔素の量への意識がおろそかになったのだ。そしてエンジュの髪の色が変わったことは、集める魔素の量が跳ね上がってしまったことを意味している。

〈剣聖〉が鋭く叫んだ。

「エンジュ、心を鎮《しず》めろ！　魔素の量を減らせ！」

「え？　――ぁ」

しかし〔剣聖〕の指示は一瞬間に合わず、エンジュの手元で破壊属性の魔素が膨張した。

黒い魔素はエンジュの腕へと上ってきて、その肘から先を消し飛ばした。

一瞬の思考の空白。

次に襲ってきたのは――想像を絶する激痛だった。

「あぁぁあああああああああああああああっ⁉」

痛い。痛い。血が撒き散らされてエンジュの思考は止まる。

今までのエンジュの人生の中で最悪の苦痛が彼女を襲った。

「気をしっかり持て、エンジュ！　すぐに医療魔導士《いりょうまどうし》のもとに連れていく！　絶対に治る！」

その後エンジュはポーションや腕利きの医療魔導士の力によって、失った腕を取り戻すことができた。治療が迅速《じんそく》だったことが幸いした。

腕は治った。

けれどエンジュはこの時のことが脳裏にこびりついた。

普通の魔素を扱おうとするだけでトラウマがよみがえり、叫んでは中断してしまった。

驚異的な精神力で彼女が単属性の魔素を扱えるようになったのは、それから三か月後。

そして魔素合成は――あれから五年が経った今でも、一度も成功していない。

◇　◇　◇

『やってまいりました、魔導演武の最終日！　皆さん盛り上がってますかァあああああああああああああ⁉』

うおおおおおおおおおお――――！

大地を揺るがすような歓声が、控え室にいるエンジュのもとまで聞こえてきた。

エンジュは呟く。

「……あれだけのことがあったのに、まさか魔導演武が続行されるなんてね」

魔族ラビリス襲撃の翌日、魔導演武は当たり前のように実施された。

本来なら中止になって当然の事態だ。

しかしラビリスはすでに討伐済み。魔導演武が残すところあと一日のみということもあり、むしろイベントを盛り上げて民衆の不安に上書きするほうがプラスだと帝国上層部は判断したようだ。

犠牲者《ぎせいしゃ》の少なさも理由の一つだろう。

ラビリスは帝都の内外で相当暴れたが、〈隔絶〉本人とあの一門《クラン》の魔導士以外に死者は出なかった。

〝人数〟として見た場合の犠牲は、ユグドラの活躍もあって数十人程度。

最初に彼らへの黙祷《もくとう》が捧げられると、そこからはつつがなく魔導演武は進行していた。

『初戦の対戦カードはウィズ・オーリア対オルド・カウン・バークスぅううううう！　それでは恒例の選手紹介に移りますが——なんとウィズ選手は昨日魔族の襲撃があった際に迎撃に打って出て、魔族ラビリスを討ち取ったそうです！　本当にどうなってるんだこの平民は!?』

控え室に浮かぶ映像では、準決勝の第一試合が始まろうとしている。

ウィズが出場する試合だ。

ウィズがラビリスを倒したことは広まっており、会場の盛り上がりは物凄いことになっている。

『なお、解説席には〈賢者〉様に来ていただいております！』

『よろしく。昨日は大変だったねえ……今日を無事に迎えられてほっとしているよ』

『皆様ご存じかとは思いますが、帝都の外を救ったのがウィズ・オーリアだとすれば、帝都の内側を救ったのがこの〈賢者〉様です！　……というか今さらですが、あれどうやったんですか？』

『ん？　サイクロプスを二十体同時に爆発させたことかい？　それとも帝都全域を覆う裏結界をその場で作ったオリジナル魔術で解除したこと？　困ったな、皆にわかるよう説明すると二日くらいかかるんだけど……』

『ＯＫです。今の私の話はなかったことに！　と、とにかく、最終日にふさわしいスペシャルなお方でございます！』

解説席にいるのは〈賢者〉である。

一番盛り上がる最終日の解説者としては、最適な人選だろう。

試合が始まり、圧倒的なウィズの優勢で進んだ。すべての攻撃をものともせず、範囲・威力ともにすさまじい魔術で薙ぎ払う。

「……本当に馬鹿げた実力だわ」

ウィズの無双っぷりに呆れたように呟きながら、エンジュはポケットからあるものを取り出した。

それは昨日の昼間にサーシャから受け取ったお守りだ。何種類かの紐に付け替えが可能で、ペンダントやブレスレットなど好きに使えるようになっている。

サーシャいわく、「厄除《やくよ》けのお守りです。これで元気を出してくださいねっ」とのこと。

お守りにはメッセージカードが添えられていた。

サーシャからは綺麗な字で励ましの言葉が。

そしてウィズからは次の短文が書かれていた。

『下手の考え休むに似たり。うだうだ悩んでいると、俺の背中すら見失うぞ馬鹿め』

「……」

エンジュの額に青筋が走る。

――なんか思い出しただけでムカつく。

なぜ自分があの白髪魔導士の後ろにいる前提なのか。ラビリスの一件では不覚を取ったが、このメッセージカードはそれより前に書いたもののはずなのに。

「……まあ、悩むのが無駄ってところには同意するけどね」

エンジュがそう呟いたところで、試合が終わった。

『決着ゥうううううううう！　勝者ウィズ・オーリア！　準決勝でも無傷で完勝してのけました！』

やはりというか、勝者はウィズだった。

第一試合が終わり、次の試合が始まる。

エンジュは立ち上がった。

彼女の対戦相手は実の兄にして天敵――レナード・ユーク・グランジェイドだ。

◇　◇　◇

『準決勝第一試合はウィズ・オーリアの勝利となりました！　誰かあいつの快進撃を止めてくれ……ッ！　――さあ気を取り直して、準決勝第二試合！　エンジュ・ユーク・グランジェイド選手対レナード・ユーク・グランジェイド選手！　それでは選手入場ぉおおおッ！』

実況の声に合わせて出ていくと、爆発的な歓声が上がる。

向かい側からはレナードが歩いてくる。

レナードはにやにや笑いながら話しかけてきた。

「よう、エンジュ。昨日は大変だったみたいだなあ。ラビリスにボロボロにされたんだろ？」

「……そうですね。私は手も足も出ませんでした」

「お前じゃそんなもんだろうな。やっぱりお前に〔剣聖〕の肩書は釣り合わねえよ」

まるで自分ならそうはならなかったとでも言うように、レナードは嘲笑を浮かべる。

『なお、解説は第一試合に引き続き〈賢者〉様にお願いしております！』

『よろしく頼むよ。しかし……これは興味深い対戦カードになったね』

『そうですね。エンジュ選手とレナード選手は、〔剣聖〕様の弟子にして一級魔導士、さらには実の兄妹という関係性！　色んな意味で兄妹対決となりますね！』

『〔剣聖〕一門《クラン》の中で最も実力があるのがあの二人だ。次の〔剣聖〕になるのはあの二人のどちらかと言われてるけど……この試合の結果によって、それが見えてくるかもしれないね』

実況と解説席の〈賢者〉がそんなやり取りをする。

やれやれとレナードは嘆息《たんそく》した。

「ったく、〈賢者〉もわかってねえなあ。俺とこいつの試合なんて結果が見えてるだろうに。なあ、出来損ない？」

馬鹿にするように吐き捨てる。

そうされるのが自然なほど、今までエンジュはレナードに負け続けてきた。

『それでは試合の説明を。第一試合同様、準決勝以降はなんでもありの模擬戦となります！　学生部門と異なり使い魔も解禁！　勝利条件は、魔導具の発生させる防護魔術を破壊するだけのダメージを与える、片方の降参宣言、相手を場外に出す、の三つのみとなっております！』

審判からエンジュとレナードが防護魔術を発生させる魔導具を受け取る。

それを身に着けながら、エンジュはレナードに尋ねた。

「兄様はこの魔導演武で実力を示し、〔剣聖〕になると言っていましたね。その考えはまだ変わっていませんか？」

当然とばかりにレナードは答える。

「ああ。俺以外にふさわしい人間なんてどこにもいねえ」

「そうですか――では、諦めてもらいます」

「……あ？」

レナードが眉をひそめる。

「おい、今なんつった？　この俺に向かって何か偉そうなことを言わなかったか？　もう一回言ってみろ、俺に何を諦めさせるって？」

放たれるのは強烈な殺気。

粗暴で、野蛮《やばん》で――それでいて本物の強者のみが発することのできる気迫。

恐ろしい。体が震えそうになる。

エンジュの体には、それぐらいレナードへの恐怖が刷《す》り込《こ》まれている。

けれどエンジュはそれを押さえつけて宣言した。

「私が兄様に勝つ、と言ったのです……兄様は〔剣聖〕にふさわしくありませんので」

「……いい度胸してんな、クソ妹が」

レナードは口元に獰猛《どうもう》な笑みを浮かべた。

「それでは、準決勝第二試合――始めッ！」

試合開始が告げられた直後。

「【爆発付与《アドブラスト》】」

レナードの剣が紅蓮《ぐれん》の炎に覆われた。その炎は不規則に揺らぎ、獣の唸《うな》り声のように断続的な破裂音を響かせる。舌打ちをしたくなる気持ちをこらえてエンジュは奥歯を噛んだ。

「いきなり、ですか」

「実力を示すって言っただろうがよぉ。そもそも、お前相手に今さら小手調べなんて必要ねえ――そら、始めるぞ」

レナードが剣を振るう。

その瞬間、ゴバッッ！　と彼の剣に纏わりついた炎が湾曲《わんきょく》し、前方に撒かれる。炎はエンジュの目前で爆ぜ、途轍もない熱と爆風となって押し寄せた。

『いきなり出たぁあああああああああッ！　レナード選手の必殺剣、【爆発付与《アドブラスト》】！　複合属性を付与できるのが、〈剣聖〉門下生の中でレナード選手のみであることはご存じの通り！　中でもあの爆発属性はすさまじい威力を誇っております！』

『爆発属性の合成経路は火＋風。威力はもとより、爆風による攻撃範囲も特徴だ。それに彼の扱う爆発属性の魔素は、他のものとは一線を画する。二つ名の由来になっているほどだからね』

「づっ……」

「はっはははははは！　おら、逃げろよ雑魚！　足を止めたら終わりだぞ！」

破裂音が響く。

爆風と灼熱が止まらない。

爆発の範囲が広すぎて、防ぐことも避けることもできない。

この試合では使い魔の召喚も認められているが、レナードはあくまで自力での戦いに徹するようだ。当然だろう。使い魔がいても、次期〔剣聖〕にふさわしいと証明する上で邪魔にしかならないし、そもそも使い魔の力を借りる必要がない。

爆発の余波の煙《けむり》に紛れて接近してきたレナードが、エンジュに剣を振り下ろす。

咄嗟に受けたエンジュはその瞬間に後悔した。

レナードの剣に纏わる魔素が獰猛な火花を散らす。

大爆発。

「～～～～～～～～～～ッッ⁉」

エンジュの体が後方に勢いよく吹き飛ばされた。

場外に弾き出されそうになったところを、危うく剣を地面に突き立てて止める。

『い……一方的！　あまりにも一方的です！　これが〔炎獅子〕！　同じ〔剣聖〕門下にして一級魔導士のエンジュ選手が手も足も出ない――――ッ！』

『本来爆発属性の魔術は、全方位を無差別に攻撃してしまうから扱いが難しい。気を抜くと術者まで巻き込まれてしまうからね。けどレナード君の【爆発付与《アドブラスト》】は違う。あの魔術には〝指向性〟がある』

『指向性、ですか？』

『簡単に言うと、レナード君は魔素を操って爆炎や爆風が相手だけに向かうよう仕向けているんだ。自分に届く範囲の爆発を相手に向けて放出する、という形でね』

『ということは……自分は無傷でいられて、相手にはより強い攻撃を加えられると？』

『そういうことだね。的確な要約をありがとう』

『と、とんでもない技術です！　レナード選手はやはり本物の天才でした！　さすがは次期〈剣聖〉と呼ばれる人物です！　さあ、対するエンジュ選手はどのように戦うのか!?』

「くっ……」

エンジュはよろよろと立ち上がる。

まだ防護魔術は解けていない。

「おー、やる気だなあ」

レナードは馬鹿にしたように笑った。

「……で、立ち上がってどうするつもりなんだよてめえは。なあ、本当に俺に勝てるつもりだったのか？　そんなわけねえだろ馬鹿が。のぼせ上がってんじゃねえぞ」

「……」

「今までのことを思い出してみろよ。てめえが俺に何か一つでも勝てたことがあったか？　ないだろ？　今日の勝負の決着なんて、ガキでもわかることじゃねえか」
強い。
レナードの強さは本物だ。
残酷なほどにエンジュとは実力差がある。
勝てるわけがない。
（……って、今までの私なら思っていたのかしらね）
ポケットに収めたお守りの存在を思い出す。
自分より強い相手には絶対に勝てないのか？
そんなことはない。
今のエンジュはそれを知っている。
思い出すのは白髪の魔導士の背中だ。
彼は絶望的な状況から、あらゆる要素を使って勝ちをもぎ取った。
重要なのは意志だ。
絶対に負けられないと思えるほどの理想を抱くことだ。
ならば、エンジュ・ユーク・グランジェイドの理想とは何か？
「……最悪だわ。あんなのが私の目標だなんて」

エンジュは自分の心が思い浮かべた人物に、少しだけ嫌そうな顔をした。

納得できてしまう自分に対しても。

「何ぶつぶつ言ってんだ、ボケ。さっさと消えちまえ」

爆炎が迫る。

これを受ければエンジュの防護魔術は掻き消えるだろう。

だが、エンジュの心は動かなかった。

ただ一言、自然に告げた。


「──【破壊付与《アドディスト》】」


咀嚼音《そしゃくおん》にも似た音とともに、爆炎が不自然に抉られる。

後には黒い光が残った。

「破壊属性の付与、だと……？」

レナードは目を見開いた。

エンジュは魔素合成ができなかったはずだ。幼少期のトラウマを抱える彼女は、剣への付与はおろか、単に魔素を合成することもままならない。

少なくともレナードの知る限りは。

レナードの疑問を読み取ったかのように、エンジュは静かに告げた。

「今でも私は魔素合成を行うことに抵抗はあります。ですが——もう、どうでもいいです」

「ああ⁉」

「私には覚悟が足りませんでした。理想が曖昧《あいまい》だったからです。ですが、もう迷いません」

エンジュの目には力があった。

その気迫は今までのエンジュにはないもので。

「私はあなたに勝ちます、兄様。〔剣聖〕の座は絶対に渡しません」

その言葉に、レナードは目を細めた。

「いい度胸だな、クソ妹。俺に勝てるとでも思ってんのか？」

「はい」

「今まで何度も何度も負け続けて、まだそんなくだらねえ妄想を抱いてるのかよ」

「……はい」

「なら、二度と立ち上がれなくなるくらい心をへし折られても文句はねえな？」

際限なく高まっていく威圧感に、エンジュは——「望むところです」と静かに頷いた。

すると。

「はは……ようやくかよ」

レナードは笑みを浮かべた。今までの獣のような殺意のこもった表情ではなく、穏やかな笑みで。

そして告げた。

「降参だ。俺の負けでいい」

「え」

『えっ？』

「「「――えええええええええええええええええええええええ⁉」」」

エンジュ、実況、さらに会場の全員が絶叫する中、レナードはあっさりフィールドを出ていくのだった。

「どういうつもりですか、兄様！」

闘技場を出てレナードの背中を追いかける。レナードは面倒くさそうに振り返った。

「……なんだよ、でけえ声で呼びやがって。うるせえぞ馬鹿妹が」

「声も大きくなるでしょう！　なぜ降参なんてしたんですか⁉」

「俺はもともとこうするつもりだったんだよ」

「……⁉」

絶句するエンジュに、レナードは溜め息を吐いてから話し出した。

「特異体質、お前は持ってるだろ」

「は、はい」

「だが、俺にはねえ。魔素干渉力はお前のほうが上だ。複合属性を剣に付与できるようになれば、お前は俺より強くなる。少なくとも〔剣聖〕流剣術の範囲ではな」

剣術、魔術の両方で優れるレナードだが、魔素干渉力は魔導士全体で中の上程度。エンジュが複合属性の付与を完全に習得した時、彼の剣はエンジュに劣ってしまう。

「そんな状況で、俺が〔剣聖〕になんざなってみろ。俺は自分より強いやつがいるのに、馬鹿面下げて上に立つことになる。恥さらしもいいとこだ。冗談じゃねえ」

――こんな耄碌したジジイの下なんて有り得ねえ。

レナードがたびたび口にしてきた暴言が、エンジュの脳裏によみがえる。

「なら……今までのことは」

「……ジジイの墓を蹴飛ばしたことは、まあ、やりすぎたと思ってる。一応生前にジジイの許可は取ってるが……ああでもしねえとお前は俺に勝とうなんて思わなかっただろ。お前、俺に完全にビビッてたからな」

「お師匠様も承知していたんですか!?」

「ああ。つーか向こうから頼まれた。ジジイが死ぬちょっと前に」

衝撃の告白に呆然とするエンジュ。

ここに来てようやく、レナードが悪役を演じていたのだと察する。

もはや何を信じたらいいのかわからない。

「お前は魔素合成を扱えるようになった。だから俺がお前にちょっかいかける理由はもうねえ。お前はまだ若いが、〔剣聖〕を継ぐっつっても反対するやつはいねえだろ」

どこか投げやりな口調で言うレナードに、エンジュは口をつぐむ。

「……どうした？　もっと喜べよ。ジジイの後を継ぎたいってずっと言ってたじゃねえか」

怪訝そうな顔で言うレナードに対し、エンジュは首を横に振った。

「兄様の考えはわかりました。私が〈剣聖〉を継ぎたいと考えているのもその通りです。ですが……今はまだ、できません」

「ああ？」

「他の誰に認められても、私自身がまだ、自分が〈剣聖〉になることを認められません――認めるためには、もう一人勝たなくてはならない相手がいます」

強い意志を込めてエンジュが言うと、レナードは「勝手にしろよ」と肩をすくめた。

◇　◇　◇

魔導演武はまだ終わらない。

準決勝で勝利した二人が最後の戦いに臨む。

『長かった魔導演武も最終戦となりました！　……今日この瞬間までに色々なことがありました。魔族ラビリスの襲撃は特大のトラブルと言えましょう。喪われた命は戻りません。ですが――だからこそ届けましょう。彼らが守ったこの晴れ舞台に、どうか大きな歓声を！』

実況の言葉で観客席に熱が満ちていく。

これから始まるのは世界で最も盛り上がる戦いだ。

どれだけ熱を込めても足りないほどだろう。

『それでは栄えある魔導演武、決勝戦で競う選手を紹介します！　まずは先ほどの準決勝で激戦を制した剣姫《けんき》！〔緋剣〕エンジュ・ユーク・グランジェイト選手――――ッ！』

エンジュが手を振ると、会場に割れんばかりの拍手が溢れた。

エンジュとレナードの試合はレナードの棄権《きけん》で終わったわけだが、観客たちはそれに不満を覚えていたりはしないらしい。

『もう一人は言わずと知れた異才！　飛ぶ鳥を落とす勢いの彼は、魔族ジルダに続きラビリスまでも討伐いたしました！　本当になんなんだこいつは⁉　それではウィズ・オーリア選手の登場です――……って、あの、解説の〈賢者〉様。なんかウィズ選手がいないようなんですが……』

『そうだね。まあ、彼の性格からすると何を考えているかわかる気もするけど』

会場が困惑に満ちる。

エンジュの向かいにはまだ誰も現れていない。

だが――やがて聞こえ始める。

ゴォン、ゴォオン……という荘厳な鐘の音が。

やがて大闘技場に光が差し、いきなり空中に現れた白髪の少年が黒いローブをはためかせながらゆっくりと降りてくる。地上に降り立った少年は不敵な笑みを浮かべて告げた。

「――待たせたな、観衆よ。俺が偉大なる未来の〈賢者〉、ウィズ・オーリアだ……」

「……」

エンジュは頭が痛くなった。

あの馬鹿は一体何をしているんだろうか。

「「「……」」」

さらなる困惑に包まれる会場。

その微妙な空気の中でウィズは満足げに言った。

「……どうやら俺の登場のあまりの格好よさに、観客たちは言葉も出ないようだな」

「あんたのその自信は一体どこから出てくるわけ？　これは引いてるのよ、普通に」

「フッ、羨《うらや》ましがるのはよせ、エンジュよ。お前が準決勝を戦っている間、暇だったので登場時の演出を考えていたんだ……なかなかいいだろう？」

「本当にやめてくれない？　試合が始まる前にぶちのめしたくなるんだけど」

というかこの男は自分がレナードと戦っている間、こんなくだらないことを考えていたのか、とエンジュは呆れる。

あの戦いはエンジュにとって大きな意味があったし、この少年に精神面で助けられた部分もあるので正直感謝もしていたが、この瞬間そんな気持ちはなくなった。

『えぇっと……え？　これ私、このまま彼を持ち上げる選手紹介をしなくちゃならないんですか？なんだか急に抵抗が生まれてきました』

『いやー、さすがはウィズ君だ。ところで今の光にはどんな意味があったんだろうね？』

『面白がらないでください〈賢者〉様……』

実況席からも困惑が伝わってくる中、ウィズはやれやれと言うように肩をすくめた。

「まったく、センスがよすぎたようだな」

「私だったからよかったけど、兄様が勝ち上がってたら斬りかかってたわよきっと」

エンジュが言うと、ウィズは怪訝そうな顔で言った。

「いや、それはないだろう」

「は？」

「あんなのにお前が負けるとは俺は最初から思っていない。まあ別に登場に関しては、どっちが勝っていても同じことをしていたと思うが」

ウィズの言葉にエンジュは困惑した。レナードの考えを聞いた今ならともかく、試合前のエンジュを含めて、レナードが負けると思っていた人間などほとんどいないだろうに。

「……私が勝つと思った根拠でもあるわけ？」

「単純な話だ。お前は俺の知る魔導士の中で、最も〝驕《おご》っていない〟。そういう人間は強い」

ウィズの言う通り、エンジュは自分が本当に強いと思ったことなど一度もない。

当たり前だ。身近にいた兄が、エンジュにとって絶対的な強者だったのだから。

目の前の少年にはそれを見透かされていた。

「まあ、超天才たる俺から見れば、どんぐりの背比べでしかないがな」

「なんであんたはそう、余計なことを言うのかしらね」

黙っていればいいものを。

『それでは観客も焦《じ》れているようですし……試合を始めましょう！　泣いても笑ってもこれが最後です！　それでは魔導演武本戦、決勝戦！　ウィズ選手対エンジュ選手！　試合開始ィいいいいいいいいいいいい！』

実況の声と同時にウィズは悠然と両手を広げた。かかってこいと言わんばかりに。

「では始めるか、エンジュよ。胸を貸してやろう。俺の勝利は揺るがんが、お前ならあるいは俺に傷くらいはつけられるかもしれんな」

エンジュは内心で苦笑した。

意外なことにこの少年は自分のことを買っているようだが……残念ながら今のエンジュには、ウィズに勝てるイメージは湧かない。

「そうね。いい加減その頭の悪い発言も聞き飽きたし……大観衆の前でこてんぱんにされたら、少しは大人しくなるわよね？」

けれどエンジュはそう返す。

勝てないかもしれない。

けれど全力で挑む。

そうすることで少しは近づけることだろう。自分が目標にすると決めた、目の前のこの少年に。

その日、魔導士の歴史に新たな一ページが刻まれた。
史上初めて、平民が魔導演武の一位に輝いたのだ。
しかし誰もそれに否定の言葉を投げなかった。
投げることなどできなかった。

ウィズ・オーリアの実力が、この日を境に帝国中に——いや、世界中に知れ渡った。

エピローグ

「……ふむ、装飾はこんなものか」

　俺は完成したテーブルの飾りつけを眺めて頷いた。

　野外に設置された長テーブルには純白のクロスがかけられている。長辺を三等分するように、鋼属性魔術で作った銀製の飾りが置かれ、荘厳さを演出する。

　左右に五つずつ、そして短辺の片方に一つ並べられた椅子は瀟洒《しょうしゃ》な細工が施されたもので、当然こちらも俺が魔術で作製した。

　完璧だ……。

「世界で最も美しい宴席だな」

　俺が自らの仕事に満足して頷いていると、後ろから呆れたような声が聞こえた。

「……あんたは何をしてるわけ？　ウィズ」

「おお、魔導演武の準優勝者ではないか」

「普通に名前で呼びなさいよ名前で……！」

　ぴくぴくと口元を引きつらせてそう言うのはエンジュだ。魔導演武以来、ちょくちょくこのネタでからかっているのだが、そろそろやめないと斬りかかられそうな気がする。

「何をしているか、だったか？　決まっているだろう。師匠に頼まれた通り、魔術でパーティー会場を作っているのだ」

ここはユグドラ師匠が住んでいる家の庭だ。

先日の魔導演武で俺が優勝したことを祝おうと、師匠はパーティーを提案してくれた。最初は俺と師匠のみで行うささやかな宴かと思っていたが、意外なことに師匠のほうからもっと人を集めようと言い出したのだ。

なんでも、俺の交友関係に興味があるとかなんとか。

俺としても師匠が他人と関わろうとする機会は貴重なので、特に異論はなかった。

今日はそのパーティーの当日であり、俺を含め参加者の中で時間のある人間が準備をしている。エンジュもその一人である。

「私の記憶では、今日の祝勝会は屋外での立食パーティーの予定だったはずだけど」

「そうだな」

「それがわかった上でこのテーブルのセンスなら、絶句するほかないわね」

師匠の家のテーブルでは大人数での食事はできないため、庭での立食パーティーとなった。俺は樹属性魔術や鋼属性魔術での会場作り担当だ。その役割をまっとうしようとしているだけの俺にこの女は一体なぜ不満そうなのか。

「何か問題でもあるのか？」

「あるに決まっているでしょ。立食パーティーなのに椅子を用意してどうするのよ。それにこの装飾が目立ちすぎ。これじゃあ料理がどんなに豪華でもこっちに目が行くわよ」

「フッ、そう褒めるな」

「目障《めざわ》りだからどけろって話なんだけど？」

まあ、立食パーティーという点はその通りなのでひとまずテーブルは作り直すことにする。丸テーブルを五つほど作り直して設置すると、エンジュが鋼属性魔術で新たな装飾品を作った。

「これは……何かの入れ物か？」

「花を立てる小型のスタンドよ。テーブルの飾りつけならこれで十分でしょう」

テーブルに置かれたスタンドは小さいながらも細かく模様が入れられていて、なかなか品がいい。

「てっきりお前は芸術を理解できないとばかり思っていたんだが……まあ悪くないな」

「ぶっ飛ばすわよ」

「というかお前、普通に複合属性の魔術を使いこなしているな」

装飾品を作った鋼属性は、火＋土の複合属性だ。魔導演武の決勝で使ったのは見ていたが、エンジュは魔素合成が苦手なんじゃなかったのか？

「おかげ様でね」

「？　どういう意味だ？」

「あんたの馬鹿っぷりもたまには役に立つってことよ」

「よくわからんが、喧嘩なら買うぞ貴様」

「褒め言葉よ」

今の言葉選びで褒めているとは無理があると思うが。

「……」

「どうした？」

「……あんたには一応言っておこうかしら。次の〔剣聖〕について」

魔導演武が終わり、ラビリスも討伐されたということで、〈賢者〉は正式に〔剣聖〕の死を公表した。多くの魔導士がその死を惜しむ中、次の〔剣聖〕が誰になるかに注目が集まっている。

「確か、お前かレナードが次の〔剣聖〕になるという話だったか？」

「それ、保留になったわ」

「何？」

「魔導演武の準決勝で私が兄様に勝ったことで、次の〔剣聖〕最有力候補は私になった。けど、私はそれを辞退した。少なくとも今はね。だからしばらく〔剣聖〕は空席になるわね」

「……それでよかったのか？」

「ええ。〔剣聖〕の座をいつか継ぎたいと考えてはいるけれど……私にはその前にやることがあるもの」

そう言ってエンジュは俺をまっすぐ見た。その挑むような視線に、エンジュが〔剣聖〕になることを保留した理由を俺は理解する。

要は俺へのリベンジを果たさない限りは〔剣聖〕になる気はないということだろう。

「フッ、自らいばらの道を進もうとはな。愚かな女だ」

「随分余裕ね？　言っておくけど、今回の負けは私がまだ複合属性に慣れていなかったからって理由も大きいのよ。次にやったら簡単には負けないわ」

「楽しみにしておこう」

「そうしなさい」

不敵に笑うエンジュに、魔導演武で調子を崩していた時の雰囲気はすでにない。

「ウィズ様、ちょっといいですかー」

と、家の窓を開けてサーシャが呼びかけてくる。あいつもエンジュ同様、パーティーの準備を手伝ってくれているのだ。

「行ってきていいわよ。あとの作業は私がやっておくから」

「そうか？　では頼む」

その場をエンジュに任せて家のほうへ向かう。

サーシャがいるのは厨房だ。近くまで行くと、いい匂いが漂ってくる。そして、エプロンを着たユグドラ師匠とサーシャの姿が目に入った。この二人はパーティー用の料理を担当してくれているのだ。

「すまんのー、ウィズ。作業中に呼んでしまって」

ユグドラ師匠が奥からそんなことを言ってくる。

「いえ、構いません。どうかしたんですか？」

「これの味見をお願いしたくて」

答えたのは厨房の手前にいたサーシャだった。その視線はすぐ目の前の寸胴鍋《ずんどうなべ》に注がれている。

鍋の中ではブラウンシチューが湯気《ゆげ》を立てていた。

「味見か。わかった」

「それでは……」

そう言ってサーシャはスプーンを鍋の中に入れ、シチューをすくうと俺の前に差し出してきた。

「ウィズ様、あーん」

そのままスプーンを俺の口元に持ってくるサーシャ。

……いや、まあ、特に他意はないんだろうが……ちらちらとこっちの様子を窺っている師匠の視線が気にならないでもない。

「あー、その……そのまま口に入れたら熱いだろう」

「あ、それもそうですね。それじゃあ〝ふーふー〟で冷ましましょうか」

「いやいい、もういい。そのままくれ」

「はい」

ぱくり。

俺は目を瞬かせた。

「……美味《うま》い」

「本当ですかっ」

「これ、サーシャが作ったのか？　こう言ってはなんだが、予想の何倍も美味いぞ」

「花嫁修業をしていますから」

ふふん、とどこか得意げに言うサーシャだった。貴族令嬢の花嫁修業に料理が入ってくるものなのかは疑問に思わないでもないが。

「それに、ユグドラ様にウィズ様の好みの味付けを教えてもらったんです」

「わざわざ俺の好みに合わせるとは……祝勝会の主役が俺だからと言って、そこまで気を遣わなくていいんだぞ？」

「そういうわけじゃないですよー。でも、美味しいって言ってもらえて嬉しいです」

サーシャはそう言ってにこにこ笑う。機嫌がよさそうだ。

「……ウィズよ」

「はい、どうしました師匠――むぐ」

振り向いた途端、近くにやってきていた師匠に何かを口に突っ込まれた。

これは……アップルパイ？　咀嚼して飲み込んだ後に、じっと俺を見上げている師匠に言う。

「さすが師匠。完璧な美味です」

「うむうむ」

満足そうに頷く師匠。なぜこのタイミングなのかは謎だが、やはり師匠の作る料理は美味い。

「ウィズよ、テーブルの準備は終わったか？」

「おおよそは。普通の立食パーティー会場になってしまいそうですが……」

「なぜそれで残念そうにするんじゃ……料理の準備もあらかた済んだし、お使いを頼まれてくれんか？　何か所か回ってもらうことになるが」

「わかりました」

「うむ。出かける先はこのメモにまとめてあるゆえ、よろしく頼むぞ」

師匠はそう言って二つ折りの紙と、やや温かい包みを一つ渡してきた。

「師匠、こちらの包みは？」

「むう……正直迷ったが、まあ詫《わ》びのようなものじゃ。細かいことはメモに書いてある」

「はあ……」

まあ、別に荷物一つくらいは構わないんだが。

「それでは行ってくるぞ、サーシャよ」

「はい。お気をつけて、ウィズ様」

師匠とサーシャに見送られて俺は厨房を後にした。

メモを開き目的地を確認する。

行くべき場所は四か所で、どうやら招待客の迎えも兼ねているらしい。

さて、それでは行くか。


「【疑似転移】――ソノクの町へ」

ソノクの町の冒険者ギルド前に転移する。

ここも懐かしいな。

レガリア魔導学院を退学させられた時、ここで冒険者登録をしたんだったか。退学して数日はここを拠点に活動し、試験用のゴーレムを吹き飛ばしたり、キラーアントの巣を潰して驚かれたりした記憶がある。

ギルドの中に入ると、俺のもとに駆け寄ってくる人物がいた。

「ウィズ君じゃないか！　今日という今日は逃さないよ！」

「どうしたギルドマスター、血相《けっそう》を変えて」

俺を見つけるなり近づいてきたのは、すっかり苦労人が板についているソノクの町のギルドマスターだ。

彼は興奮気味に詰め寄ってくる。

「どうしたもこうしたもないよ！　君、例の〝砂色のサイクロプス〟を討伐しただろう？　その手柄でとうとう君もSランクの冒険者に認定されることが――」

「ああ、悪いがその話なら今度にしてくれ」

「へっ？」

「それよりここにデカンとガイルーという名の冒険者がいるはずなんだが、知らないか？」

やつらの魔力反応を追ってここに来たので、あの二人は間違いなくここにいるはずなんだが姿が見えない。

「あ、ああ。彼らなら裏手で、討伐した魔獣の鑑定を受けてるはずだけど……」

「そうか。情報提供感謝する」

「あ、ちょっ！」

ギルドマスターを放置して裏手に回る。魔獣の解体場も兼ねているそこには、見覚えのある二人の冒険者がいた。

目当てのデカンとガイルーだ。

「ウィズ!? ウィズじゃねえか!?」

俺に気付いたデカンが声を上げ、ガイルーも勢いよく振り向く。

俺は悠然と歩き、二人に近寄る。

「久しいな、お前たち。魔導演武以来か？」

「ああ、そうだな」

「俺たち、お前が届けてくれたって〝砂色のサイクロプス〟の討伐報酬を受け取りに来てたんだよ。で、ついでにいくつか仕事を受けたりしてな」

「そうか」

そういえばそんな話だったな。どうりで帝都から離れたこんな場所にこの二人がいるわけだ。

「ウィズはここに何をしに来たんだ？」

「お前たちに届け物だ。ユグドラ師匠からな」

「「……」」

びくりと体を震わせる二人。

ラビリスの一件の際、確かデカンのほうだったと思うが……師匠の魔術で吹っ飛ばされたらしい。

もう片方もその話を聞いて、師匠のことを怖がっているんだろう。

俺はメモに記された伝言を読み上げた。

「師匠より伝言だ――『アップルパイを作りすぎた。余ったからくれてやる』」

「え？」

「というわけで、これは師匠が自ら作った絶品のアップルパイだ。変なものではないから安心しろ」

師匠は死者蘇生すら可能な魔術が使えるため、それを知られないように基本的に人前に出ないし、大の人間嫌いとして振る舞っている。

そうしなければ師匠のもとを訪れる人間が後を絶たないからだ。要するに、これは師匠の立場で可能な精一杯の謝罪である。

師匠、ずっとデカンを魔術で攻撃したことを気にしていたからな……

「な、なあ、ウィズ。あの嬢ちゃん、結局何者なんだ……？」

「偉大なる俺の師匠だ。それで納得しろ……ああ、そのアップルパイは必ず食うように。捨てたりしようものなら地獄を見せてやる」

「「喜んでいただきます！」」

敬礼しながらデカンたち二人は言った。

この二人についてはこんなところだろう。

「ではな。また会おう」

バサァッ……

俺はローブを翻し、次の場所に向かう。


「【疑似転移】——リンドの街へ」


リンドの街の大通りへとやってきた。

旧リケン領の中心都市であるここは、ソノクの町と比べて人口が多い。大通りは活気に満ちている。以前魔族ジルダに攻め込まれた時は途轍《とてつ》もない被害が出たが、今はすっかりもとの賑やかさを取り戻している。

さて、あの三人はどこにいるかな。

「あー、ウィズだ！　やっほー！　こんなところで何してるの!?」

転移してきた俺を見つけ、青髪を長く伸ばした少女が駆け寄ってくる。

俺の使い魔であるシアだ。今は街中に溶け込むために人間の姿になっている。

その手には直方体の大きな箱を抱えていた。

〈賢者〉の課した条件である〝魔族ラビリスの討伐〟を達成したことで、シアは自由の身になっていた。

それ以来この三人はよく一緒に過ごしている。

「シア、急に走り出すなんてどうし――って我が主《マイロード》!?」

「こんにちは、オーリア先生」

「ソフィとアガサ。シアの面倒を見てくれて助かる」

「面倒見られてないよー一緒に遊んでただけ！　それにきちんとお使いもしたよ！」

不満そうに言うシアだが、こいつの人間社会での経験値を考えれば訂正の必要があるとは思えない。まあ、ソフィたちが進んで引き受けていることではあるんだが。

今日は師匠が頼んだお使いも兼ねて、リンドの街で遊んでいた。

「我が主《マイロード》、シアの言う通りです。無事にこの街一番の菓子職人から、注文していたケーキを回収しています。私が常に気にかけていたので、一つとして形崩れしていないはずです」

「素晴らしい……お前の心遣いは目を見張るものがあるな、ソフィよ」

「ありがたき幸せ！」

「お使いくらいで大げさじゃない……？　っていうか、目立ってる！　ソフィちゃん、こんな大通りで膝をつくのはやめよう!?」

ソフィのいつもの忠誠のポーズを見てアガサが慌てている。この慌てぶりを見ていると、魔導演武の学生部門で優勝した生徒だとはとても思えんな。

「では、お前たちを師匠の家に送る。ケーキ引き取りの任務ご苦労だった」

三人を【疑似転移】で師匠の家に送る。

あと二か所だな。

次は……シアも送ったことだし、あそこにするか。

「【疑似転移】──クリード諸島《しょとう》」


三度目の【疑似転移】で次に俺がやってきたのは、クリード諸島の第四島。

鬱蒼《うっそう》とした森は濃い魔素で満ちている。魔獣特区であるここは、俺がシアと出会った場所だ。その内部を少し移動し、目当ての洞窟《どうくつ》にやってくる。

「いるか、ニルベルン？」

「こちらです、ウィズ」

洞窟の中には、鮮やかな緑色の鱗《うろこ》をした飛竜がいた。

「準備はできているか」

「事前に報《しら》せは受けていますから……それにしても、正気ですか？　私を人間の祝いの席に呼ぶなど」

そう、このニルベルンも招待客の一人である。ジルダやラビリスの仲間ではないとはいえ、喋《しゃべ》る魔獣というのはこの国では恐怖の対象だ。しかしこいつの場合は事情が異なる。

「構わん。魔人族について情報提供をするならお前とシアの身の安全は保障する、と〈賢者〉が確約した。今日はその予行演習だと思えばいい」

ラビリス討伐直後に行われた魔導会議により、そういうことになっている。俺が言うと、ニルベルンは頷いた。

「シアの安全につながるなら、是非もありません。それに……正直ずっとここにいるのも飽きてきましたしね」

「まあ、そうだろうな。それでは送るぞ」

「はい」

ニルベルンを【疑似転移】で師匠の家に送る。

シアを先に送っているし、向こうには師匠もいる。特にトラブルになるようなことはないはずだ。

ニルベルンを招待することは前もって全員に伝えてあるしな。

それでは最後の場所だ。


「【疑似転移】――レガリア魔導学院」


レガリア魔導学院に【疑似転移】する。

帝国屈指の名門校であるレガリア魔導学院は、俺が在籍している教育機関だ。前学院長たちに冤《えん》罪《ざい》をかけられて俺は退学させられることになったものの、その後色々あって魔導士階級を四級まで上げられた。

ある意味、ここは俺にとって第二のスタート地点と言えるだろう。

そんなレガリア魔導学院に入り、学院長室までやってくる。

最後の招待客であるイリスはここにいるはずだ。

そういえば、イリスは二人ほど招待客を追加すると言っていた。

それは誰だろうか？

ゴードンや護衛のクレスは忙しく、参加できないと言っていたが……まあ、イリスに聞けばわかることか。

「邪魔するぞ、イリス」

「やあ、ウィズ君」

俺にまず反応したのは、部屋の主であるイリス。

そしてこの部屋には他に、茶髪の少年と眼鏡をかけた小柄な少女がいた。

「ロルフに〔水精〕……？」

「やあ、ウィズ・オーリア……」

「……どうも」

そこにいたのは先日の魔導演武で知り合った二人の魔導士だった。

ロルフは死んだ魚のような目をして、〔水精〕セレスは居心地悪そうに、それぞれ挨拶してくる。

俺の疑問に先回りするように、イリスが説明する。

「えー、ウィズ君。嬉しいお知らせだ。うちの学院に新しい教師が二人増えるよ」

「この二人を教師として迎え入れたということか？」

「その通り。ロルフ君は素晴らしい魔導具技師としての腕がある。聞けば〔隔絶〕の張った結界を突破する魔導具を作り出したらしくてね」

そういえば師匠がそんなことを言っていたような……

「俺はてっきりロルフは場の賑やかしのためだけに生まれてきたのかと」

「僕のことを馬鹿にしすぎじゃない⁉　でも今はそれに乗っかりたい！　ウィズ・オーリア、僕をこき下ろしてくれ！　労働という名の檻にとらわれる前に！」

必死に詰め寄ってくるロルフ。どれだけ働きたくないんだ、こいつは。

当然ながらイリスの決定にいち教師である俺が異論を挟むつもりなどない。

「セレス君は、皇帝陛下から暇を出されてしまったようでね。せっかくだからスカウトしてみた。幻獣騎士団の部隊で副隊長を経験した彼女なら、魔術の集団戦なんかをうまく教えてくれるだろう」

「ふむ。まあ、適任だろうな。個人で無敵の俺は、集団での戦いには正直疎《うと》い」

「どこまでも自信家だねウィズ君は……」

俺は〔水精〕に手を差し出した。

「よろしく頼むぞ、〔水精〕」

「セレス、で構いません……ここにいれば、あなたから学べることもあるでしょう。よろしくお願いします」

〔水精〕改めセレスは、そう言って俺の手を握り返した。

「というわけで、追加の招待客はこの二人。ウィズ君、例の転移魔術で送ってもらえるかな？」

イリスが、ロルフたちを手で示しながらそう言ってくる。

「いいだろう。それでは、【疑似転移】！」

イリス、ロルフ、セレスを連れて俺は師匠の家まで戻った。

師匠の家に戻ると、パーティーの準備はほとんど終わっていた。

丸テーブルには見栄えのする料理が並び、端の長机には保温魔導具の鍋に入れられたシチューなんかが置かれている。

庭の一角にはニルベルンがいるが、シアが一緒なおかげかソフィやアガサと普通に話している。受け入れられているようで何よりだ。

「おお、ウィズよ。戻ったか」

師匠がこっちに駆け寄ってくる。

「はい。お待たせしてすみません」

「よいよい。お主らも、今日は楽しんでいくがよい」

師匠が俺と一緒に来た三人に言う。ロルフとセレスは緊張したように、イリスは丁寧な所作《しょさ》で礼をする。

それから準備の残りを済ませて、いよいよパーティーが始まった。

サーシャが飲み物を配り、その場の全員に行き渡る。

乾杯の音頭《おんど》を取るのは――

「諸君。今日は俺の勝利を祝うために集まってくれたこと、感謝する」

当然、俺である。

主役だからな。まあ今日に限らず、俺は毎日世界の中心のようなものだが。

「先日の魔導演武にて、俺は圧倒的な成果をあげることができた。予選では余裕で一位抜けし、本戦でも他の追随を許さない力で勝ち上がった。正直強すぎて申し訳なく思う。俺という絶対的な存在と同じ土俵《どひょう》で戦った連中を思うと、胸が張り裂けるようだ……」

未来の〈賢者〉たる俺と対等の条件で競い合う。参加者にとってそれは絶望以外の何物でもなかっただろう。

「……いや、自分のこと褒めすぎじゃない？　何？　彼は普段からああなの？」

「「…………」」

ロルフは呆れ顔になり、エンジュとセレスは額に青筋を浮かべる。

「落ち着くんだ、エンジュ君にセレス君。確かに君たちはウィズ君に敗れたが、多分本人は特に煽っているつもりはないから」

「ウィズ様はいつも堂々としていて格好いいですねえ」

イリスがエンジュたちをなだめる横では、サーシャがのんびりと感想を口にする。

「……が、〈賢者〉になるというのは簡単なことではない。〔雷帝〕や〔死神〕――そして〔聖女〕の名を持つ師匠にもいずれ挑むことになるでしょう」

「うむ。その場合はいくらウィズとて手加減せんぞ」

にやりと笑う師匠。やはりわかっておられる。

俺は誰かに譲られて得た椅子には価値を感じない。

師匠のことは世界の誰よりも尊敬しているが、その際は全力で戦うつもりだ。

俺はぐるりと周囲を見渡した。

そこには俺がレガリア魔導学院を退学させられてからできた友人や、教え子の姿がある。

「大魔導士だけではない。この場にいる全員が俺の好敵手《こうてきしゅ》だ。いずれ雌雄《しゆう》を決する機会があるかもしれん。その時は全力で打ち砕かせてもらう」

「シア別にウィズと戦うつもりはないんだけどなー」

「ですが、ウィズならシアのいい遊び相手になってくれるかもしれませんよ。彼ならシアが本気で力比べを挑んでも受け止めてくれるでしょう」

「おーっ、確かに！」

「我が主《マイロード》の覇道を邪魔する者があれば、私のほうで排除しますが……」

「そういう話じゃないと思うよ、ソフィちゃん……でも、い、一回くらいはオーリア先生に全力で挑戦してみたいって気持ちはあるかなあ……」

シア、ニルベルン、ソフィ、アガサが口々にそんなことを言う。

この面々は好敵手とは少し違う立ち位置かもしれんが、優れた才能の持ち主であることは確かだ。彼女たちに追い抜かれないようにすることも、保護者、あるいは教師である俺の務めだろう。

「まあ、長々と語ったが、今日はめでたい日だ。小難しいことなど抜きに楽しもう。それでは――乾杯！」

「「「乾杯！」」」

グラスを打ち合わせる音が響き、パーティーが始まった。

エンジュとセレス、イリスという一級魔導士たちは魔術の話題に花を咲かせている。

物おじしないサーシャがニルベルンに話しかけ、頬を染めつつサーシャを見ているロルフは、ソフィに詰め寄られて何やら忠告を受けている。

シアは料理を口いっぱいにほおばり、アガサは師匠から学院での俺の様子を根掘り葉掘り聞かれている。

実に平和な光景だ。

問題など挙げればいくらでもある。

魔人族たちが復活した理由はわかっていない。コーエンや〈隔絶〉が言っていた〝あの方〟とは誰なのかもわからない。

それでも、今は祝いの空気を満喫し、英気を養おう。

魔導士の最高峰《さいこうほう》、〈賢者〉に至るために。

かつての俺と同じ存在を二度と生み出さないために。

俺は今、その道の途中にいるのだから。

「ウィズ様ー、こっちに来てお話ししましょう！」

「そうじゃそうじゃ、今日の主役が何を一人でぼんやりしておる」

「……まあ、今日のところはあいつが主役よね。今日のところは」

「エンジュ、ちょっと悔しそうだねー」

サーシャ、ユグドラ師匠、エンジュ、シアが口々に言って俺を呼ぶ。

「ああ、わかった。今行く」

俺は小さく笑い、仲間たちのもとへと足を向けるのだった。

The Record by an Old Guy in the world of Virtual Reality Massively Multiplayer Online
とあるおっさんのVRMMO活動記
1〜28
椎名ほわほわ
Shiina Howahowa
アルファポリス 第6回 ファンタジー小説大賞 読者賞受賞作!!
累計180万部突破の大人気作
（電子含む）
TVアニメ
2023年10月2日より放送開始!
TOKYO MX・BS11ほか
コミックス 1〜11巻 好評発売中!
超自由度を誇る新型VRMMO「ワンモア・フリーライフ・オンライン」の世界にログインした、フツーのゲーム好き会社員・田中《たなか》大地《だいち》。モンスター退治に全力で挑むもよし、気ままに冒険するもよしのその世界で彼が選んだのは、使えないと評判のスキルを究める地味プレイだった!
——冴えないおっさん、VRMMOファンタジーで今日も我が道を行く!
1〜28巻 好評発売中!
各定価：1320円（10%税込）　illustration：ヤマーダ
現実じゃ冴えないおっさんが料理生産から冒険までVRMMOで大活躍!!
大人気ファンタジー待望のコミカライズ!!
漫　画：六堂秀哉　B6判
各定価：748円（10%税込）
アルファポリスHPにて大好評連載中!
アルファポリス 漫画　検索

Re:Monster
リ・モンスター
1〜9・外伝
8.5
暗黒大陸編1〜3
金斬児狐
Kanekiru Kogitsune
シリーズ累計150万部(電子含む)突破!
TVアニメ化決定!!
ネットで話題沸騰
怪物転生ファンタジー
最弱ゴブリンの下克上物語 大好評発売中!
【小説】
1〜9巻/外伝/8・5巻
◉各定価:1320円(10%税込)
◉illustration:ヤマーダ
新章
【小説】
1〜3巻(以下続刊)
◉各定価:1320円(10%税込)
◉illustration:NAJI柳田
コミカライズも大好評!
【漫画】
1〜10巻(以下続刊)
◉各定価:748円(10%税込)
◉漫画:小早川ハルヨシ

月が導く異世界道中
Tsukiga Michibiku Isekai Dochu
あずみ圭
Azumi Kei
1~18
8.5
シリーズ累計
350万部
(電子含む)
の超人気作!
TVアニメ 第2期
2024年1月から
2クール
放送決定!
異世界へと召喚された平凡な高校生、深澄真。彼は女神に「顔が不細工」と罵られ、問答無用で最果ての荒野に飛ばされてしまう。人の温もりを求めて彷徨う真だが、仲間になった美女達は、元竜と元蜘蛛!? とことん不運、されどチートな真の異世界珍道中が始まった!
月が導く異世界道中
あずみ圭
薄幸系男子の成り上がりファンタジー、開幕!
なんでだろう 親の都合で 異世界へ
第5回アルファポリスファンタジー小説大賞 読者賞受賞作!
待望の書籍化!
2期までに
原作シリーズもチェック!
●各定価:1320円(10%税込)
●illustration:マツモトミツアキ
1~18巻好評発売中!!
月が導く異世界道中
1
あずみ圭
木野コトラ
シリーズ累計 29万部
とことん 不運、されど チート!!
漫画:木野コトラ
●各定価:748円(10%税込) ●B6判
コミックス1~12巻好評発売中!!

異種族キャンプで全力スローライフを執行する……予定!

Ishuzoku camp de zenryoku slowlife wo shikkou suru …… yotei!!

甘党エルフに酒好きドワーフetc…

気の合う異種族たちとまったりアウトドア生活!!

大自然・キャンプ飯・デカい風呂——

なんでも揃う魔法の空間で、思いっきり食う飲む遊ぶ!

タジリユウ
Yu Tajiri
『自分のキャンプ場を作る』という夢の実現を目前に、命を落としてしまった東村祐介、33歳。だが彼の死は神様の手違いだったようで、剣と魔法の異世界に転生することになった。そこでユウスケが目指すのは、普通とは一味違ったスローライフ。神様からのお詫びギフトを活かし、キャンプ場を作って食う飲む遊ぶ! めちゃくちゃ腕の立つ甘党ダークエルフも、酒好きで愉快なドワーフも、異種族みんなを巻き込んで、ゆったりアウトドアライフを謳歌する……予定!
●定価:1320円(10%税込) ISBN978-4-434-32814-5 ●illustration:宇田川みぅ

大国アストリアの第二王子ニート。自称【穀潰士】で引きこもりな彼は、無自覚ながらも魔術の天才! 自作魔術でお家生活を快適にして楽しんでいたが、父王の命令で国立魔術学院へ入学することに。個性的な友人に恵まれ、案外悪くない学院生活を満喫しつつも、唯一気になるのは、自分以外の人間が弱すぎることだった。やがて、ニートを無自覚に育てた元凶である第一王子アレクが、大事件を起こす。国の未来がかかった騒乱の中、ニートの運命が変わり始める――!

◉定価:1320円(10%税込)　ISBN 978-4-434-32484-0　◉illustration:ぺんぐぅ

もふもふ相棒と異世界で新生活!!

神の愛し子？
そんなことは
知りません!!

著 ありぽん

第3回
次世代ファンタジーカップ
特別賞
受賞作!!

転生したら2歳児でした!?
フェンリルの
赤ちゃん（元子犬）と一緒に、
ドラゴンの里で
大はしゃぎ!!

中学生の望《もち》月《づき》奏《かなで》は、一緒に事故にあった子犬とともに、神様の力で異世界に転生する。子犬は無事に神獣フェンリルの赤ちゃんへ生まれ変わったものの、カナデは神様の手違いにより、2歳児になってしまった。おまけに、到着したのは鬱蒼とした森の中。元子犬にフィルと名前をつけたカナデが、これからどうしようか思案していたところ、魔物に襲われてしまい大ピンチ！　と思いきや、ドラゴンの子供が助けに入ってくれて――

◉定価：1320円（10%税込）　ISBN 978-4-434-32813-8　◉illustration：.suke

この作品に対する皆様のご意見・ご感想をお待ちしております。

おハガキ・お手紙は以下の宛先にお送りください。

【宛先】

〒150-6008 東京都渋谷区恵比寿 4-20-3 恵比寿ガーデンプレイスタワー 8F
（株）アルファポリス　書籍感想係

メールフォームでのご意見・ご感想は右のＱＲコードから、
あるいは以下のワードで検索をかけてください。

アルファポリス　書籍の感想　検索

ご感想はこちらから

本書は Web サイト「アルファポリス」（https://www.alphapolis.co.jp/）に投稿されたものを、改題・改稿のうえ、書籍化したものです。

厨《ちゅう》二《に》魔導《まどう》士《し》の無双《むそう》が止《と》まらないようです3

ヒツキノドカ

2023年 10月31日初版発行

編集－藤野友介・小島正寛・宮坂剛
編集長－太田鉄平
発行者－梶本雄介
発行所－株式会社アルファポリス
〒150-6008 東京都渋谷区恵比寿4-20-3 恵比寿ガーデンプレイスタワー8F
TEL 03-6277-1601（営業） 03-6277-1602（編集）
URL https://www.alphapolis.co.jp/
発売元－株式会社星雲社（共同出版社・流通責任出版社）
〒112-0005 東京都文京区水道1-3-30
TEL 03-3868-3275
装丁・本文イラスト－カラスBTK
装丁デザイン－AFTERGLOW
印刷－図書印刷株式会社

価格はカバーに表示されてあります。

落丁乱丁の場合はアルファポリスまでご連絡ください。

送料は小社負担でお取り替えします。

ISBN 978-4-434-32821-3 C0093